徳間文庫

ハイエナの夜

夢枕　獏

徳間書店

目次

ナイト・クラッシュ

1

窓を開けると、濃い海の香りのする風が、おれの頬《ほお》を叩《たた》いた。
エアコンの効いた室内に流れ込んできた風は、たっぷりと潮気を含んで湿っぽかった。
昼の熱気は抜けていたが、どこかねっとりとした、ぬるい風だ。
波の音が、意外なほど近く聴こえている。
窓の向こうには、すぐ海が広がっている。
夜の十時──。
昼に見るような、ただひたすらに青いだけの海の色は、今は見えなかった。
闇《やみ》の向こうに黒々とうねる海の量感だけが伝わってくる。
遠く、点々と漁船の灯《あか》りが見えていた。
おれは、窓から顔を出し、下を覗《のぞ》いた。

下の階の部屋に、まだ灯りが点《つ》いているのが見える。

思った通りに、カーテンは閉めてはいないらしい。

カーテンを開けておいても、誰《だれ》も覗く者などいやしないのだ。窓の向こうは海なのである。

この、伊豆《いず》シーサイドホテルは、海際の崖《がけ》の上に、海に向かって身を乗り出すように建てられている。

建物と海との間に、小さな庭があり、庭から小さな階段を二〇メートルも下りれば、そこがもう波打ち際である。

全室から海が見える——それがこのホテルのキャッチフレーズだった。

おれがいるのは、十階のシングルルームである。

今、灯りの点いている下の階のような、スイートルームではない。

下は、二部屋もあるのだ。

その部屋を三日も独りで使用している男に、おれは軽く腹をたてた。

おれは、窓に足をかけ、そっと身を乗り出した。

手には、ザイルを握っている。

ザイルの一方の端は、ベッドの脚に縛りつけられていた。これから、このザイルを使って、下の階まで降りてゆかねばならないのだ。どろぼうになったような気分だった。

肩からは、カメラを下げている。

ニコンＦＧ。

オート露出機構のついた、ニコンの中では軽量タイプのカメラである。

フィルムは、トライＸが装着してあった。

カメラのＡＳＡの数値は、一二〇〇にセットしてある。増感現像をするのである。夜、さほど明るくない部屋の灯りで、速いシャッターを切るには、このくらいの数値にセットしておかねば不安である。

フィルムの粒子は荒れるが、それはしかたがない。

レンズはニッコール35㎜Ｆ２Ｓを使用している。

標準レンズでは、被写界深度に不安が残るし、望遠レンズはＦ値が暗いし、ほとんど意味がない。広角すぎてもまただめである。

今夜の目的を考えれば、まずまずの組み合わせであろう。

ズームレンズでは、ズーミングに手間取ってしまう。ズーミングを決定するわずかの時間さえ、切り捨てなければならない。

潮の香と、夜風の中に出た。

下の庭までは、四〇メートルくらいはありそうだった。

ザイルを、右肩から背へ回して、股《また》をくぐらせて左手で握る。ロッククライミングの懸垂下降の要領である。

最近、幾らか腹が出てきたが、身の軽いのがおれの取り柄である。

学生時代にはボクシングをやっていた。

フェザー級である。

プロのリングにも、たった一度だけだったが、立ったことがある。テレビにまで出たのだ。

プロボクシングのリングではない。

キックボクシングのリングである。

アルバイトだった。

六本木のスナックで知り合った男にスカウトされたのだ。大学三年の時のことである。

中学の時に、空手の真似《まね》ごとをしていたのを、かなり大きくスナックのマスターに吹聴していたため、そのマスターが、客として来ていたあるキックボクシング・ジムのトレーナーに大袈裟《おおげさ》に語ったのである。

かなり空手の経験があり、しかもボクシングをやっている、ちょうどいいとばかりに声をかけられた。

うっかり、ジムまで遊びに出かけたのが運の尽きで、そのジムに通い始めてしまった。

特訓をさせるから、今度くるタイの選手とアルバイトで一試合だけやってみないかと誘われたのだ。

その三日後には、本当にプロのリングに上げさせられてしまったのだから、本人もジムの方もたいしたタマである。

オーナーのコネで、形ばかりのプロの資格をもらった。プロと言っても、ボクシングほど厳密なプロテストがあるわけではない。

相手は、ムエタイのルンピニー系の選手で、ランキング四位の実力者というふれ込みであった。

ランキング四位といっても、ローカルのランキングである。しかも、それもどうやら二年前の話らしい。

年齢は三十五歳。

腹の肉が、今のおれ以上にゆるんでいた。

日本のチャンピオンに挑戦するために来日した彼に、一番最初に当てられたのがおれだった。

チャンピオンとやる前に、誰かが彼に勝ってしまっては困るし、負けるのを承知でジムの若手を当てるのもはばかられる。で、おれならばということなのであった。

ようするにあてうまの役である。

しかし、おれは、すっかり勝つ気になっていた。

そこらのあてうまにされる人間とはひと味違うつもりでいた。ジムでの練習では、現役のキックボクサーに、おもしろいようにおれのパンチが当った。

彼等《かれら》の繰り出してくる足は、まともに当れば恐《こわ》いが、ボクサーのパンチに比べればあきれるほどによく見えた。一度、はずすコツを呑《の》み込んでしまえば、まともにくらうことはなかった。

恐いのは、脚に当ててくるローキックであったが、それをたくさんくらう前に、こちらのパンチをふたつみっつ相手の顔面に叩き込めば、こっちの優勢は明らかだった。

おれが、おれ自身の肉体に最高に自信を持っていた頃《ころ》のことである。

「滝村《たきむら》はいいパンチを持っているから、ひょっとするとひょっとするかもしれん」

トレーナーは言った。
滝村というのは、おれの名前である。
滝村薫平《くんぺい》というのがフルネームだ。
「勝っちまったっていいんでしょう」
「もちろんさ」
トレーナーは答えた。
〝この試合に勝って、プロとして華々しくデビューしてやる〟
おれは、本気でそんなことまで考えていた。
その試合は、もののみごとにおれのＫＯ負けであった。
一ラウンド二分三七秒――。
それが、おれがノックアウトされたタイムである。
おれのパンチは、たったみっつだけ、相手に入っただけであった。
ジムの練習の時とは段違いのローキックをもろにくらい、すぐに足が効かなくなった。
肘《ひじ》を頬に当てられ、腹に強烈なチャランポ――膝蹴《ひざげ》りを入れられた。
とどめは、こめかみへのハイキックであった。

おれは、マットと自分が触れ合う感触さえ覚えていない。

相手の足で、魂を天国まで蹴り出されてしまった気分であった。

最後に見たのは、視界の隅の上に沈んでゆく照明と、反対側から斜めにせり上がってくるマットだった。

次に、気がついて最初に見たのが、控え室の灰色の天井だった。

おれは、負けるには負けたが、その試合でひとつだけ誇れることがある。それは、プロとして、銭の取れる試合をしたということである。

見ていた者の話では、実に小気味のよい負けっぷりだったそうだ。マットに沈んだおれの身体《からだ》が、二度も、しなってはずんだそうである。

——ムエタイの挑戦者強し!!

次週の、日本のチャンピオンと彼との試合は、空前の入りだったのである。

話が横に滑り過ぎた。

おれは、自分の身の軽さについての話をしていたのだった。

三十歳に手が届いてしまった人間が、自分の腹の出具合や、体力についての話をしたがるのは、まあ、かんべんしてもらいたい。

おれは、スニーカーの底で、ビルの壁を軽く蹴りながら、下《くだ》った。

見渡しても、灯りが点いているのは、全体の半分ほどである。窓は開いていない。開けられているのはおれの部屋だけである。

このようなホテルの部屋は、通常、窓には鍵《かぎ》がかかっている。窓を開けるには、おれが夕方そうしたように、フロントに電話を入れて、鍵を持ってきてもらわねばならないのだ。

自殺者の心配をしているのかどうか、最近はかなりの確率でこういうホテルが多い。もっとも他の窓が開いていないからこそ、今のおれのような真似もできるのだ。フロントから鍵を取り寄せ、わざわざエアコンの効いた部屋の窓を開け、外へ首を出したがるような人間が多くいれば、たちまち見つかってしまう。

ホテルのこの面が、人のいない海に面しているのも、おれに幸いしていた。

こんな格好をしているのを他人に見られた場合、通用する言いわけが、いったいどのくらいあるのか、おれは、ふとそんなことを考えた。

あまりまっとうでないこんな格好をすることになったのも、つい七時間ほど前、今日の昼にあった電話が原因だった。

2

おれは、六本木に小さなスタジオと事務所を持つカメラマンである。

スタジオといっても、同じ事務所のフロアである。撮影時に、椅子《いす》やテーブルを隅へどければ、そこがそのままスタジオになる。

アクションの少ないヌード撮影や、商品撮影くらいはできる。金をとって人に貸すこともある。

照明やストロボなどの機材も、以前いた出版社の写真部から、かっぱらうのも同然に拝借してきたものが多い。

助手をひとり使っている。

木野原英子という、二十六歳のやや向うっ気の強い女だ。

好みにもよるだろうが、個性派美人で、プロポーションはそこらのモデルよりはずっといい。

捜して雇ったのではなく、むこうから押しかけてきたのである。

大口の仕事が来た時には、このあたりでごろごろしている顔見知りの自称カメラマンに声をかければ、すぐに人数は集まるのだ。

銭になる仕事のほとんどは、英子がやっている。腕も才能もかなりのものがあるし、おれの助手などやめてフリーになれば、かなりの収入になるのだが、何故《なぜ》かそうしない。

その理由をおれは知っている。

英子は、中年に殴り込みをかけたこのおじさん――つまりこのおれに惚《ほ》れているのである。

嘘《うそ》じゃないよ。

たぶん。

確率とすればかなりのところのはずだ。

まあ、これはプライベートな話だ。

話をもどそう。

その電話を、最初に受けたのは英子だった。

受話器を取った英子が、意味あり気な含み笑いをして、おれを見た。

「『激写春秋』の松浦さんからよ――」

ちっ、とおれは舌打ちをして立ちあがった。

『激写春秋』というのは昨年あたりからのしてきた、事件や風俗を写真でおっかけている週刊誌である。

政治も、芸能も、スポーツも、みんなひっくるめて、かなりえげつない取材までやってのける雑誌である。

ジーンズの布地をみごとに盛りあげている英子の尻《しり》を、左手の甲で軽く撫《な》であげて、おれは受話器を手に取った。

「元気ィ？　滝村ちゃん」

調子のいい松浦の声が耳に跳ねた。

このきんきんした声の男が、発売一年もたたないうちに、『激写春秋』を、実売一二万部から、いっきに一二〇万部にまで引き上げた凄腕《すごうで》とは思えない。

一見、気が弱そうな男で、酒も飲めそうにないのだが、実はとんでもないタマで、業界ではかなりのやり手で通っているのである。

「パンチドランカーの爺《じい》さんみたいに喘《あえ》いでるよ――」

おれはそう言いながら、眼《め》の前に英子がぶら下げた、極太のマジックインキで大きく〝スケベ〟と書かれた紙を横に払いのけた。

「いい仕事、まわそうか――」

松浦が言った。

「お尻が軽くて、口の重い、しかもおれ好みの女優のヌード撮影でも入ったのかい？」

「へへえ。まわしてやりたいんだけどね、ヌードだったら、滝村ちゃんよりもうまいひと、いっぱいいるからね。英子ちゃんの方がまだ信用できる――」

柔らかい声で、かなりきついことを言う。

しかも、かなり当っているのがしゃくにさわる。

「残念だったな――」

そう言って、受話器を置こうとすると、

「まってよ、滝村ちゃん」

松浦の声が響く。

「いい仕事ってのは、ほんとなんだからさ」

「嘘だとは言ってないさ」

おれは言った。

あちらこちらに、かなり顔は広いのだが、あまりまともな仕事がおれの所に来たことはない。

最近は特にそうである。

まともそうな仕事は、みんな、英子を名指しで入ってくる。おれの所に入って来る仕事は、腕や技術で撮るよりも、体力で撮るような写真ばかりである。

イリオモテヤマネコの交尾の写真だとか、諏訪湖《すわこ》が結氷した時に起こる御神渡《おみわた》りの連続写真だとか、コロギスの産卵シーンの写真だとか、どこのライブラリーにもないような写真の注文が、平気でおれの所に入ってくるのである。

炎上するデパートの屋上へ、隣りのビルの屋上からロープを渡し、レインジャー部隊さながらにして渡ったこともある。ある灰色高官の裁判シーンを、手製の小型カメラで盗み撮りさせられたこともある。

危《やば》い橋を渡って、警察からお目玉をくらうのは、皆こっちである。

言うなれば、おれは、写真のなんでも屋である。

普通のカメラマンが撮らないような仕事ばかりが来るのである。

「ねえ、本郷実《ほんごうみのる》のことは、先輩の滝村ちゃんは、知ってるだろ」

松浦が例の手に出てきた。

外国をほっつき歩いていて、大学を同学年だったおれより一年遅れて出たくせに、あっというまに高給取りになった男だ。

「知ってるさ、後輩の松浦くん」

おれは、軽い溜息《ためいき》を吐《つ》いて返事をした。

とにかく仕事は引き受ける意志があることを相手に伝えたのである。おれと松浦が、先輩、後輩と呼び合う時には、そういう暗黙の了解があるのだ。

本郷実は、つい五日前に、週刊誌を賑《にぎ》わせたばかりの演歌歌手である。

歌手としては十年選手だが、ヒット曲は、七年前に出した『夢恋酒場』だけであった。

最近では、〝なつめろ〟テレビ番組に出るくらいであったのだが、その名前が急に大きく活字となって人眼に触れたのだ。

〝あの本郷実が覚醒剤《かくせいざい》の運び屋!?〟

最初にその記事が載った週刊誌の新聞広告に、その活字が大きく印刷されていたのである。

記事は、ある女〝A子〟の手記の形になっていた。

〝A子〟の手記によれば、本郷実は、五年前から、フィリピンなど東南アジアの国々に出かけては、覚醒剤を日本に持ち込んでいたというのである。

手記には、その手口にまで細かく触れられていた。いったん薬を水に溶かして紙に染み込ませ、その紙を乾燥させて、自家製の本として製本したり、あるいはまたティッシュ・ペーパーとして日本に持ち込んでいたというのだ。

それをある暴力団に渡し、金を受け取っていたというのが、その手記の内容であった。

その記事が出た直後に、本郷実が姿を消した。

マスコミが、本郷実の行方を追ったが、その足取りはつかめなかった。

今年、三十二歳で、本郷実はまだ独身であった。

本郷実の所属している『新大塚興行』も、彼のマネージャーも、彼の行方についてはまるで見当がつかないという。

「その本郷実がね、どうやら伊豆にいるらしいんだよ」

と、松浦が言った。

「ほんとうか」

「伊豆シーサイドホテル９０４２号室」

きっぱりと言った。

本郷実の写真を撮ってもらいたいというのが、松浦の依頼だった。

「どうしてわかった？」

「うちの女房の弟がね、そこでフロントをやってるんだよ。髪型を変えてね、サングラスかなんかをかけちゃってるんで、他の人間にはわからなかったらしいんだけどさ。偽名を使ってるしね。弟はね、あいつ、芸能関係にはやけに詳しくてさ、昔、若いアイドル女性歌手の親衛隊まがいのことしてた時期があってさ、かなり芸能人の顔には鋭いんだよ――」

「その弟が電話をよこしたのか」

「うん」

「確かかい」

「まずね。前にも一度ね、似たような事で教えてもらったことがあってさ。その時払った謝礼に、かなり味をしめちゃってるらしいね。彼だって、人違いだったら、それがどういう意味かは充分知っている年齢だから、いいかげんな電話じゃないと思うよ」

「客のプライバシーを、他人に売るなんざ、とんでもないフロントマンだな」

「ま、おれの身内なんだからさ。くれぐれもさ、ホテル側には、彼がそんな電話したことはわからないように頼むよ」

「もう、おれが行くって決めてるみたいじゃないか」

「行かないのォ、滝村ちゃん」

「どうして、他の者に行かせないんだ」

「こっちが頼める人間は、みんな忙しくってさ――」

「――」

「それにね、ちょっとね――」

「なんだよ」

「どうも本郷実ひとりじゃないらしくてさ。暴力団の人間が何人かいるらしいんだよ。みんな、それぞれに部屋をとっていてね。他の連中は、時々、外へ出たりするらしいんだけど、本郷実だけは、ずっと部屋にこもってるんだって――」

「外から写真は撮れないのか」

「外はね、海――」

「海？」

「海、他には何もなくてね。近くの漁船を頼むんじゃ、大袈裟になるしさ。それに、船主にどう説明したらいいのよ。さっきと矛盾するようだけどさ、完全に本郷実と確認したわけじゃないから、かなりややこしいことになりそうだろ？」

「おれならばいいのかい」

「滝村ちゃんは身内も同然だからね」

「もし人違いであっても、相手が暴力団であってもおれならばというわけか――」

「ひがまないでよォ、滝村ちゃんを信用してるからこそ頼んでんじゃないの」

「ひがんじゃいないさ」

「それにさ、これは内々の情報なんだけどさ、警察の方もね、本郷実を、事情聴取のためにに呼ぶことを決定したらしいよ」

「へえ、かなり早いじゃないか――」

「警察《むこう》もね、かなり前から本郷実には眼をつけてたみたいだしさ。それからね――」

「なんだ」

「ついさっきね、また電話があったのよ」

「電話？」

「女房の弟から――」

「何だい!?」

「やっと興味を持ってきたみたいだね」

「話せよ」

「女がひとり、連れ込まれたんだって――」

「女？」

「弟は後ろ姿しか見てなくて、顔は見なかったらしいんだけどさ。身体を、ふたりの男にはさまれちゃってね、見た人間の話によると、その女、かなり青白い顔してたんだって――」

「――」

「ね、その女が手記を書いた〝A子〟だったとしたら、こいつはちょっと凄いことになってくると思わない？」

「警察に知らせた方がいいんじゃないのかい」

「またまた、そんなこと言っちゃって。警察はまだ事情聴取することさえ、発表してないんだよ。それに、まだ事件もおこってないのに警察になんか連絡できないよ。こいつはもう、滝村先輩の仕事――」

「ちぇっ」

「明日の朝四時くらいまでなら、今やっている号に間に合うからさ」

とまあ、そのような事情があったのである。

3

おれは、音を立てぬように、慎重に下《くだ》った。

おれの部屋の窓から真《ま》っ直《す》ぐ下りても、下の階はふた部屋に分かれているため、直接窓の所に下りる心配はなかった。

窓と窓との中間の、二メートルほど幅を持った壁面に下ることになる。

かなりやかましい音楽が響いていた。

すでに同じ高さになった、目的の部屋の窓から響いてくるのだ。外に洩《も》れてくる音そのものは、さほど大きくはないが、閉めきった窓の内側では、かなりの音量であろうと想像できる。

テレビか何かの音を、ボリュームいっぱいではないにしろ、近くまではあげているらしい。

おれは、上から伸びてきているザイルを右肩から背にまわし、後方から股をくぐらせ、前にまわしたザイルを左肩に巻きつけた。さらに左肩にも下に垂れているザイルを巻きつけた。巻きつけた後、残ったザイルを右肩から張ったザイルに、軽く結びつける。
壁に両足を踏ん張って、ゆっくりと手を放す。
かなりいいバランスであった。
身体の正面を壁面に向けて、その壁面から斜めに立っている格好になる。
これで、カメラを構えたまま、壁面を横に歩いて移動できる。
右に一メートルも移動すれば、音の聴こえている窓である。
その窓の下から、頭の上半分を出すかたちで覗くことになる。
ザイルが丸見えになるため、窓の下の角《すみ》から、そっとカメラを構えるつもりだった。
音は、まだ聴こえていた。
ロックの激しいリズムが、びんびんと外にいるおれの身体にまで、叩きつけてくる。
テレビではなく、カセットか何かであるらしい。
むろん、何か別の音か声を聴かれないために、そんな大きな音を出しているのである。
おれは、カメラを手にして、小刻みに移動した。
窓の角から、そっと右眼だけを出す。

一瞬に部屋の中の光景が眼に焼きついた。

おれは、息を呑んでいた。

すぐに顔をひっこめたが、今見たばかりの光景が、まだ眼の前にあるようであった。

そこは、寝室であった。

三人の男と、ひとりの女がいた。

全員が全裸であった。

一瞬、おれには、どのような状態のからみがそこで演じられているのかわからなかった。

数瞬の間、その光景を眺め、おれはやっとその光景の意味が理解できたのだった。

ひとりの女が、三人の男に同時に犯されていたのである。

女は、両脚をMの字に大きく広げられた形で、ベッドの上に仰向《あおむ》けに転がされていた。

いや、ベッドの上に、というより、ベッドの上に仰向けになった男の上に、同じ方向を向いて、女が仰向けになっているのである。

女の脚の間に、下の男の脚を膝でまたぐ形で、ひとりの男が立っていた。

その男の反り返ったものが、深々と女を貫いているのが想像できた。下の男が貫いているのは、女の肛門《こうもん》らしい。

むろん、結合部までは見えない。

男と女の暗い陰毛が見て取れただけである。

そして、三人目の男が、女の顔の上に膝でまたがり、女の髪の毛を右手でつかみ、顔を引き起こして自分のものを咥《くわ》えさせていた。

屹立《きつりつ》した自分のこわばりを、左手で下へ押し下げ、女が咥え易《やす》いようにしている。

その男が、本郷実だった。

そのベッドの光景を、おれは真横から見ているのだ。

どちらかと言えば、端整であった本郷実の顔が、やつれ、醜悪に歪《ゆが》んでいた。

そして、本郷実を咥えていた女、その女の顔に見覚えがあった。

誰であったのか!?

思い出せなかった。

あまりに異様な光景であったために、おれの意識に軽いうろ
が
できているのである。

心臓が鳴っていた。

女の白い肌に、不気味な無数の赤い筋が走っているのまで、おれはしっかり見ていた。

縄目の跡ではない。

血の跡であった。

どうすればあのような傷ができるのかを、おれは知っている。

おれぐらいの年齢の男なら、子供の頃に誰でもが経験する傷であった。

バラセン——横に張られた鉄条網をくぐる時に、鋭い鉄の刺《とげ》に肌を裂かれると、あのような傷ができる。

皮膚が肉ごと横にほじくられて、それが赤い線になっているのである。

刃物でつけられた傷ではなかった。

釘《くぎ》か何かを浅く突きたてられ、そのままその先端を横に移動させれば、そのような傷ができる。

おれは、カメラを構えるのも忘れて、もう一度覗《のぞ》いた。

女の顔を確認するためである。

どぎつい光景だった。

わずかに体形が変化していた。

本郷実が、女の唇から抜き出したそれに左手をそえ、女の顔面を撫でつけている。

すぐに顔をひっこめた。

確かに見覚えのある顔であった。

どこで見たのか⁉

そうだ、いつか、あの女の顔を写真に撮ったことがあるのだ。

一度仕事で撮ったことのある女の顔は、おれはかなりよく覚えている。それを今思い出せないのは、状況があまりにも異常だからだ。

雑誌の仕事ではなかったか⁉

女の唇は、あんなにいやらしいしろものが触れるとは思えぬほど、ふっくらと可愛かったはずだ。

ふいに、〝A子〟というイニシャルが浮かんだ。

——そうか。

おれは思い出した。

——飛鳥由美《あすかゆみ》。

今、ガラス一枚へだてた向こう側で犯されているのは、三年前、芸能雑誌の仕事で撮ったことのある、飛鳥由美に間違いなかった。

——しかし。

なんという変わりようか、とおれは思った。

おれが写真に撮った頃は、アイドル歌手から、大人の歌手に、脱皮しようとしていた頃のことだ。

かなり大人っぽいイメージで注文された覚えがある。それでも、あどけなさが抜けきれない娘だった。

あれから、今までの間に、どれだけのことがあったのか。

無残であった。

おれは、気を取り直していた。

とにかくシャッターを押さねばならなかった。

凄いスクープである。

むろん、このまま雑誌には載せられないだろうが、そんなことは、松浦《むこう》が心配することだ。

ぞくぞくする、寒気のような興奮がおれの全身を包んでいた。

一枚でよかった。

はっきり、本郷実とわかる顔のショットが一枚あれば、それで充分であった。

カメラを構え、すっと、おれは頭を出した。

ファインダーの中に、三人の男とひとりの女の姿がきっちり収まっていた。だが、わずかに本郷実の顔が向こうを向いていた。

とにかくまずシャッターを切った。

どきりとするほど大きなシャッター音だった。

聴こえるはずのないシャッター音が聴こえたのか、気配に気づいたのか、ふいに本郷実がこちらを振り向いた。

ファインダーの中で、その顔が、不気味な鬼の顔に変った。

眼をきゅうっと吊《つ》りあげ、本郷実が口を開きかけたその瞬間に、おれは夢中で二度目のシャッターを切っていた。

刃物を打ち降ろすような、強烈な手応《てごた》えがあった。

一生に何枚撮れるかどうかという、渾身《こんしん》のワンショットであった。

おれの肉体で造られた電気のようなものが、レンズから外へ飛び出し、そこの風景を四角く喰《く》いちぎったようであった。

後はもう必死であった。

「誰だ⁉」

そう言う本郷の怒声を耳にしながら、カメラから手を放し、おれはザイルを握った。

手でザイルを引きながら走るように壁を登り始めた瞬間、ふいに窓が引き開けられた。

　ぞくりと、強烈な悪寒が、おれの背を走り抜けた。

　窓を開ける鍵を、フロントから持って来させていたのは、おれだけではなかったのだ。

　強烈な音量とビートで叩きつけてくるロックのリズムが、夜風の中にいるおれの肉体に叩きつけてきた。

　おれのすぐ右横に、凄い形相の本郷が顔を出し、右手を振った。その右手に金属光を放つものが握られていた。

　おれは、夢中で、両脚に力を込めて壁を蹴っていた。

　ふわりと、地上四〇メートルの夜の宙空におれの身体が舞った。

　風が、ひゅうと耳を打った。

　海がふいに近くなり、波の音が大きくなった。

　おれの身体が壁にもどってゆく。

　宙で、必死に体勢をたて直し、壁に着く瞬間に、右脚で壁を蹴り、本郷実の刃が届かぬようにおれは壁を左に走った。走りながら、ザイルをたぐり、上に登る。

　横に走った反動で身体が振られ、身体がもどった時には、おれの足は、窓より上の壁を踏んでいた。

首からぶら下げたカメラが、壁に当って音をたてていた。

これくらいでぶっこわれるような、やわなカメラではなかった。

自分の部屋の窓に手をかけた時、下から、強い力でザイルが引かれた。

下に垂れたザイルをつかみ、男たちのうちの誰かが引っ張ったのである。

窓に手がかかっていなければ、完全にバランスを失って落ちていた所である。

部屋の中へ転がり込む寸前に、

「上の部屋だ！」

そう叫ぶ男の声が聴こえた。

エレベーターでも、階段でも逃げられない。

服を着ている男が、まだ、ひとりやふたりはいるかもしれない。

彼等がすぐにも上って来よう。その男たちと出会う恐れがある。

一番いいのは、自分の部屋のドアをロックし、警察に電話を入れることである。

しかし、それでは、松浦が明日の早朝四時までと言っていた時間には間に合わなくなる。

——非常階段だ。

瞬時に、おれはそれだけの判断をしていた。

どうせ泊まるつもりのない部屋であった。

写真を撮ったらすぐに逃げ出すつもりでその準備もできている。

車の鍵《キイ》はポケットにあるし、ザイルを残したまま、小さなカメラバッグを肩にして逃げ出せばいいだけである。

支払いは済んでいる。

おれの名前も住所も偽名である。

それに、多少のことは、松浦のカミさんの弟が、ほどよくやってくれるはずであった。

ドアを、おもいきり引き開け、おれは、非常出口と灯りの点いた扉に向かって駆け出していた。

扉の向こうは外であった。鉄の階段が付いている。

丁度一階分駆け下りた所で、いきなり横のドアが開いて、おれの左肩にぶつかってきた。

——糞《くそ》！

心の中で叫びながら、開いたドアから、顔が飛び出してきそうな位置に、全身の力を込めて右脚を跳ねあげた。

回し蹴りである。

昔に比べ、相当にみっともない回し蹴りであったに違いない。何よりもバランスを崩していた。肉はついてきてるし、足も高くはあがらない。

しかし、そんなことは言っていられなかった。

今、おれが相手にしているのは、倒れたからといって、10《テン》カウントまで立って待っていてくれるような、紳士的な奴《やつ》らではないのだ。

おれの爪先《つまさき》が、ドアの影に入り込んだ瞬間、それは、飛び出して来ようとした男の胸に当った。

胸に当ったのは、男が背が高かったのと、おれの足が高く上らなかったのと、その両方のためである。

それでも、たとえ一回にしろ、プロのリングを踏んだおれの蹴りである。

男は、したたかに後方にぶっ飛んでいた。

床に頭を打ちつけたらしい、気の毒なほどいい音が響いた。

そのかわりに、おれも、勢いのついた右の脛《すね》で、もののみごとにドアの角を叩いていた。

勢いを殺しきれなかったのだ。

痛みよりも、おれが感じたのは、ガツンという衝撃《ショック》だけである。

三歩階段を駆け下りないうちに、その脛に熱い温度を感じた。さらに四歩駆け下りた時には、何も感じなくなっていた。あるのは、そのあたりを包む、ずーんという痺《しび》れだけであった。

内側からハンマーで叩くような痛みが跳ねあがったのは、ようやく下まで駆け下りた時であった。

いつの間にか、おれは足を引きずっていた。

草の上を、ホテルの外に向かって走り出す。

おれの愛車、ジムニー一〇〇が停《と》めてあるのは、ホテルの駐車場ではなく、ホテルの外の、林の中である。

写真を撮っている時に見つかり、逃げる時のことを考えてのことだった。

ホテルの駐車場は、逃げるのに時間がかかるのである。

おれは、傷ついた獣が自分の巣穴にたどりつくように、ジムニー一〇〇の車内に転がり込んでいた。

4

スタジオを兼ねた事務所の駐車場に車を入れたのは、午前三時よりも、わずかに前であった。

痛む右足でアクセルを踏み、伊豆から箱根へ抜け、ターンパイクを小田原まで下り、小田原から厚木バイパスを抜けて東名高速へ出、やっとここまでたどりついたのだ。

右足が、丸太のようになっていた。

ひどく重い。

ズボンの裾《すそ》が何かで濡《ぬ》れて、右の靴の中がぬるぬるするものでぬめっている。

血であった。

しかし、ズボンをまくって、そこを見てみる気にはなれなかった。

惨憺《さんたん》たる有様《ありさま》になっているだろうし、見たところで、痛みがとれるわけではない。

とにかく、自分の部屋にもどってからである。

よくもここまでたどりついたものだと思う。

果てしなく肉体は疲れ果てていたが、凄いショットをものにしたという、不思議な満足感があった。

六本木、といっても、おれの事務所は、賑やかしい辺りからは、通りを何本かはずれた、小さな雑居ビルの中にある。

四階建てで、その一番上の階が、おれの事務所であり、スタジオであり、寝床になっているのである。

エレベーターが無いことを、この時ほど呪《のろ》ったことはない。

一歩ずつ登れば、一段おきに、凄い痛みが右脚でダンスを始めるし、かと言って、左足でけんけんをして階段を登ると、着地の衝撃で、一段ごとにハンマーで脛を叩かれるような痛みが跳ねあがる。

どちらの痛みも、凄《すさ》まじく感動的なものであったが、一段置きに痛みのある登り方の方が、まだマシであった。それに、一歩ずつ足をひきずって登ってゆくというのは、けんけんで登ってゆく格好ほどの滑稽《こっけい》さはなく、どちらかと言えば、傷つき、自分の部屋へ帰ろうとしている映画の主人公《ヒーロー》のような趣があって、自分の中にある自虐趣味を、ささやかながらかなりの部分、満足させてくれた。

おれは、いくらかのそういった演技さえまじえながら、階段を登っていった。

事務所へついたら、松浦の所へ電話を入れ、ここまでフィルムを取りに来させるつもりだった。

そして、足の治療をする。

折れてはいないとは思うが、ひびくらいは入っているかもしれなかった。

できれば、何にもしたくなかった。

このまま病院にかつぎ込んでもらって、そのまま眠ってしまいたかった。シャワーさえ浴びたくなかった。

こんな時、木野原英子が残っていてくれたら、おれは感激して抱きつき、脚の痛みさえなければ、身体まで許してしまいたい気分だった。

男は、阿呆《あほう》だから、こんな時優しくされた女に、これまでとっておいたとっておきの言葉で、プロポーズなんぞしちまうものなのだ。

おれの最初の結婚も、まあ、そんなようなものであったのだ。

おれは、木野原英子が上にいてくれて、熱い一杯のコーヒーを入れてくれたら、それだけで、二度目の結婚をしてもいいと決心しちまうだろうと思った。

やっと事務所のドアにたどりつき、鍵を出して、ドアを開けた。

中は、真っ暗だった。

窓にはブラインドが下ろしてあり、廊下の灯りが、開けたままのドアからほんのわずかに事務所の中に差し込んでいるだけであった。

ドアを締め、入口の横の壁にある灯りのスイッチを押した。

灯りが点いた。

おれが見たのは、見慣れた事務所の風景ではなかった。

肉の壁であった。

おれの眼の前に、おそろしくばかでかい人間の身体《ボディ》があり、おれの視界をふさいでいたのである。

顔をあげかけたおれの脳天に、凄い勢いで何かが降ってきた。

重く、鈍い衝撃が頭を叩き、おれはあっけなく床に這《は》いつくばっていた。

おれは、床からゆっくり顔を上げた。

男の顔が、おれを見降ろしていた。

見たこともなかった。

ひたすら身体がでかい男だった。身長が一九〇センチはあるらしかった。岩のように身体が厚い。

「滝村薫平さんかい」

しわがれた男の声が響いた。

ばかでかいこの男がしゃべったのである。

「ああ」

這いつくばったまま、おれは答えた。

「伊豆で撮った写真のフィルムを渡してもらおうか――」

「伊豆？」

おれはとぼけた。

どうしてこの男にそれがわかったのか、おれはそれを必死で考えた。

「とぼけるなよ、非常階段のところに、あんたの名刺入れが落ちてたんだよ。同じ名刺が三枚入っていれば、誰がその名刺入れを落としたかはすぐわかる。その三枚の名刺の住所が、ここだったたってわけだ」

「頭がいいな」

「伊豆から電話があってな」

巨漢が、分厚い唇を歪めて笑った。

たちのよくない笑みだった。

そうか、とおれは思った。

やつらの事務所もまた東京にあるのだ。伊豆から電話で、おれの住所を教えたのだろう。

「フィルムはどこだ？」

　男が言った。

「もう渡してきちまったよ」

「渡した？　誰にだ？」

「雑誌の記者にね」

「どこの雑誌だ？」

「発売日になればわかるさ。無修整でのせたらすぐに発禁になる。今から、馴染《なじ》みの本屋に声をかけとくんだな」

　おれは、痛みをこらえ、できるだけ軽い声で言った。

「知らねえのかい、おめえ？」

　巨漢が、声のトーンを落として言った。

　かなり恐い。

「何をだ？」

「おれが、冗談を嫌れえだってことをよ」

　這いつくばった、おれのこめかみを、右足の爪先で蹴りつけてきた。

踏んだり蹴ったりとは、まさにこのことであった。

手加減した蹴りではあったが、むろん、撫でてくれたわけではない。かなりの痛みが走った。

「言いたくねえならいいさ。おめえの眼の前で女をいたぶってやるだけのことだからな――」

「女!?」

「若い娘がこの事務所に残っていたんでね」

巨漢が、不気味なピンク色の舌で、ぞろりと唇を舐《な》めた。

「貴様、英子に何をした!?」

「何もしちゃあ、いねえよ。今のところはだ。これから先は、もちろん、あんたの出方次第だがね」

「英子はどこだ」

「隣りの部屋だよ。縛って、あんたのベッドの上に、放り投げてある。猿轡《さるぐつわ》をかませてあるがね――」

「糞――」

「あんたの帰りが遅いんでね。服を破っておっぱいをいじり出してた所さ。あんたの女《スケ》なんだろう。いいおっぱいをしてるじゃねえか。もう三十分あんたが遅かったら、我慢できずに突っこんじまったところだよ」

「わかった――」

呻《うめ》くようにおれは言った。

「フィルムのあるところを言えば、女に何もせずに帰るか――」

巨漢はにやりと笑って、うなずいた。

約束を守る気など、これっぽっちもない眼をしていた。

「その前に教えてくれ。飛鳥由美が、どうして、伊豆にいたんだ」

「やつはよ、本郷の女だったんだよ。本郷の仕事を手伝って、時々は運び屋もやってたんだ。それが、はした金に眼がくらんで、おれたちを、週刊誌に売りやがったのさ。原稿料が出るまで、隠れていて、その金を持って外国にとんずらするつもりだったらしい。逃げようとする寸前につかまえたんだよ」

「そうかい」

「けじめは、きちっと、つけなきゃあな」

男は、滑稽なほど真面目《まじめ》な顔をして、〝けじめ〟という言葉を口にした。

おれは、下から見上げながら、男を値踏みしていた。

この男がどれだけやれるのか、まともにやり合って、おれに勝ち目があるのかどうか――。

男の上腕は、上半身に着けたTシャツの袖《そで》を、裂けそうなほど内側から押し広げている。

力も強そうだった。

おれの技がどこまで通用するのかどうかもわからない。

しかし、やれるだけはやらなければならない。

「フィルムは、おれの尻のポケットにある」

おれが言った途端に、のっそりと男が歩き出した。

おれのすぐ手の届く所まで歩いてきた。

おれの尻ポケットに手を伸ばし、かがみ込もうとした男の左脚を、おれはおもいきりすくいあげていた。

どう、と男が倒れた。

おれは、足の痛みを我慢して跳ね起きた。

ほとんど同時に顔をあげてくる男に向かって、右のパンチを繰り出した。

そのどれもが、きれいに男の顔に叩き込まれた。

しかし男は倒れなかった。

細い糸を引いて、男の右の鼻の穴から鼻血が流れ出した。

ウエイトが違いすぎるのである。

また、右脚の踏ん張りがまるで効かなくて、おれも致命的なパンチを出せないのである。

いきなり男が突進してきた。

おれはふっ飛ばされ、立ててあった照明器具を背でぶっ倒しながら床に転がった。

おれの胸ぐらをつかんで男がおれを引き起こした。

顔面に、岩のようなげんこをぶつけてきた。

顔で、何かが爆発したようであった。

眼は他《よそ》へ向き、自分でも何を考えているのかわからないほど、朦朧《もうろう》とした。

鼻の奥にきな臭いぬるぬるしたものがあふれ、それが口の中に流れ込んだ。

唾《つば》を吐いた。

凄い量の血であった。

さらに、男は、おれのボディに拳《こぶし》をむけてきた。

おれの腹に、そのパンチがめり込んだ時、さすがにおれはもうたまらなかった。

吐いていた。

「馬鹿《ばか》たれが!!」

さんざ殴られた。

事務所がめちゃくちゃであった。

何度目かにふっ飛ばされた時、おれは、近くにあった電気のスイッチを切った。

ふいに闇になった。

おれは、近くにあった三脚で、そのスイッチを叩き壊した。これで、この事務所の灯りを点けられるのは、もうおれだけである。

あとは撮影用の照明が残っているだけなのだ。

闇の中なら、地理を得たおれの方に地の利がある。

這いずりながら、おれは必死になって武器を捜した。

そうして、ようやくおれはその武器を発見した。

おれがそれを手にした途端に、男も、おれの左足首をその手に捕えていた。

床が腹をこすった。

いっきに、男にひき寄せられていた。

凄い力だった。腕一本でおれを引っぱったのである。

男がおれを引き起こした瞬間、おれは、手に持っていた武器を男の顔面に向けて、スイッチを入れた。

闇に慣れかけた男の眼を強烈な閃光《せんこう》が射た。

ストロボの光であった。

ガイドナンバー32。

ニコンスピードライトSB－16Aの、まばゆい光が、まさにおもいきり男の網膜を殴りつけたのだ。

おれは同時に灯りを点けていた。

このでかぶつには、ひとつやふたつの拳よりは、よほど効き目があった。

「な、何をしやがった」

眼に手を当て、ひるんでいる男の脳天に向けて、おれは、拾いあげたジッツオの三脚を力まかせに叩きつけた。

かなり重量のある、リンホフあたりを乗せるのに手頃な三脚だった。

鈍い音がして、男が前につんのめった。

どん、と、重い音がした。

それっきり、男は動かなくなった。

おれは、闇の中をゆっくりと歩き、隣りの部屋へ続くドアを開けた。

おれの部屋だった。

小さな灯りが点いていた。

ベッドの上に、英子が倒れていた。

「終ったよ」

おれは英子に声をかけた。

そのまま英子の横に倒れ込んで眠ってしまいたかった。

おれは、英子の猿轡をはずした。

「滝村さん――」

英子が言った。

「だいじょうぶだ。恐い目に合わせてすまなかった――」

優しく言いながら、英子の髪を撫で、おれは英子の縄をほどいた。

縄をほどく時に、手が英子の胸の素肌に触れた。

それをおもいきり手の中に包んでみたかったが、おれは、とんまなことに、その誘惑に耐えてしまった。

「頼むよ、松浦に電話を入れてくれ、すぐにここまできてくれってな。それからゆっくりと起きあがってきた英子に向かって、おれは少し口ごもった。

「——それから、さしつかえなかったら、御褒美のキスをしてくれないか。今日は死ぬほど働いちまったんだ。だから——」

おれは、その言葉を最後まで言い終えることができなかった。

その理由はわかるだろう。

おれは、たまらなく温かい英子の身体を抱きしめ、英子の髪の匂《にお》いを吸い込んだ。

とんまな男でも、このくらい働いた時には、少しくらいはもてるのである。

どうだ。

くやしいか。

暴走24時間

1

全力疾走は息がきれる。

嘘《うそ》だと思ったらやってみるといい。

それを持続できるなら、表彰ものだ。

もし、三十歳を過ぎた、普段特にスポーツも何もやってない人間が、三分もそれを持続できるのなら、その人間に、おれは土下座をしておそれいってもいい。

自分の好きなペースでのジョギングではない。全身のありったけの脚力を使って、全力で一心不乱に駆けるのである。

おれは、時間さえあったのなら、よくぞここまで動いてくれたと、自分に土下座をしてやりたいくらいだった。

よしよしと誰《だれ》かに優しく頭を撫《な》でてもらいたかった。

それほど全力疾走は、苦しいのである。

ほんとうだ。

現在、それを体験している本人が言うのであるから、間違いはない。

自分のペースではなく、無理に己れの能力ぎりぎりのペースで走らねばならないということが、これほど大変なことだとは思いもよらなかった。

何故、自分のペースで走れないのか。

答は簡単である。

ゆっくり走っていると、後方から走ってくるバイクに轢《ひ》かれてしまうからである。

肘《ひじ》が痛かった。

額も痛かった。

そこが、熱を持ち、血が滲《にじ》み、瘤《こぶ》になっているのである。

腰だって痛いし、膝《ひざ》だって痛い。

それがどういう痛みか知りたかったら、全力で走りながら、二、三度、横っ飛びにアスファルトの上に頭から突っ込んで転がってみることだ。そうすれば、おれの言っていることが、嘘ではないことがわかるだろう。

三十歳を這《は》いずり越えて数年、腰の脂肪が気になり出した中年新入生としては、だいぶハードな運動量である。

その中年新入生というのは、むろん、おれのことである。

おれの名前は、滝村薫平《たきむらくんぺい》。

カメラマンである。

腕や技術で写真を撮らずに体力で撮るなどというデマが業界に出まわっているが、頭も悪い腕も悪いカメラマンには、いい写真など撮れるわけはないから、おれが体力派のカメラマンだという噂《うわさ》は嘘である。

体力派などという噂が本当なら、なんでこんなに息がきれるのだ。なんでこんなに肺が痛いのだ。

そりゃあ、一度はキックボクシングのリングにあがったことはあるが、それはもう十年ほども過去の話である。

自分の体力に、多少の自信がないではなかったが、その自信も、オートバイとの鬼ごっこをしているうちに、根こそぎ無くなった。言い忘れていたが、バイクは一台ではない。三台が相手なのである。

ついでにひとつ忠告しておくと、酒を飲んだ後に走るのだけはやめた方がいい。たとえばそれが水割五、六杯であってもだ。おれはひとりで、ボトルを一本近く空けてしまったのである。走り出した途端に、天地がひっくりかえりそうになり、どっと酔いがまわってくるからだ。

普段の三倍以上は疲れる。

この追いかけっこを、おれはもう三分以上も続けているのだ。

この状態が四分以上続くとどうなってしまうのか——。

それはもうじきにわかるのだろうが、それを報告できる体力が残っていればおなぐさみというところだ。

どうして、こんなひどい目に合わなければならないのか。

それがおれにはわからなかった。

まったく突然に、こんな追っかけっこをやらされるはめになってしまって、後ろから追っかけて来る連中に何故かと問う時間すらなかったのである。

今日は、六歳になるおれの娘の、運動会だったのである。

その娘の実の父親であるこのおれは、二〇メートル走で、実の娘がちょこまかと走って素っ転ぶ姿を、遠い人混《ひとご》みの中から眺め、できることなら駆け寄って抱き起こしたいという衝動を、かなりの自制心でもっておさえていたのである。

よんどころない事情で、何年か前、妻と呼んでいた女と他人になり——つまり離婚をし、ひとり娘と別れて暮らしているおれとしては、娘のこととなると、どうも神経が女学生並みになってしまうのだ。

かつてのおれのカミさん——真澄から葉書が来たのは、十日前のことだった。娘が運動会に出るから、姿を見たかったらその時にどうぞという意のことが、おれの知っている真澄の字でしたためてあり、運動会の日時が、記されていた。

その日が今日だったというわけだ。

運動会が終っても、そのまま六本木のスタジオに帰る気になれず、おれは、アシスタントの木野原英子に、時間がきたらスタジオを閉めて帰るようにと電話で告げた。

「〝けんちゃん〟でしょ——」

と、英子は言った。

「ああ」

おれは答えて電話を切った。

〝けんちゃん〟というのは、おれがこんな気分の時に足を向けるスナックである。もと、六本木のおカマバーに勤めていたけんちゃんが、二年前に自分で始めた店が、この〝けんちゃん〟である。

おカマのけんちゃんとは、六本木の頃《ころ》からの知り合いだった。男にしておくのはもったいないくらいきれいで、気だてがいい。

性格も良くて、頭だっていい。

本人は自分のことを東大出のおカマだと言っている。

それが冗談に聴こえないくらい、頭がいいのである。

おれは、実のところ、このおカマのけんちゃんがかなり気に入っていて、つい足を運んでしまうのである。

むろん、言っておくが、おれに男の趣味はないし、けんちゃんと深い関係になったこともない。そのつもりもない。

以前に、頼まれてけんちゃんのヌード写真を撮ってやった時に初めて、けんちゃんの裸を見ただけである。

英子も、今日のおれの大まかな事情は知っていて、それで〝けんちゃん〟だろうと言ったのである。

仕事さえ入っていれば、〝けんちゃん〟に行くまでもなく、その仕事をやっているうちにすぐに時間もたつのだが、ヒマだとろくなことはない。

〝けんちゃん〟は、世田谷の、下北沢駅から歩いて十二、三分の所にある。

閑静な住宅街の中に、何軒かの飲み屋の看板が集まっている一角があり、〝けんちゃん〟はそのうちの一軒であった。

体操の時にひらひらと揺れていた、娘の小さな白い手がおれの頭の中に残っていて、酒を飲んでいる間も、その五本の指が頭の中でちらちらと踊っていた。

店を出たのが、ちょうど、零時である。

タクシーを呼ぼうかというのを断って、おれは外へ出た。

下北沢まで、歩くつもりだったのだ。

娘の運動会のあとで、おとうさんも運動会をするはめになったのは、店を出て、ふたつ目の角を曲がった時だった。

いきなり、前方の暗がりから、かっと眩《まぶ》しいヘッドライトの光がみっつ、おれの顔を叩《たた》きつけてきたのである。

ぎゃん、とエンジン音があがって、ふいに、バイクが跳ねあがったようにこちらに向かって襲いかかってきたのである。

ぐうっとバイクのスピードがあがる。

おれは思わず後方を振り返った。

おれの後方に何かがあって、バイクの運転者がそれに気をとられて、おれという人間がいるのがわからないのではないかと思ったのだ。

後方には何もなかった。

おれが今、曲がってきた角と通りが、街灯の明りに見えているだけである。

向きなおった時には、すぐ鼻先にバイクが迫っていた。

その瞬間から、パパも深夜の運動会をやるはめになったのである。

まるで、獅子《しし》にいたぶられる子猫のようなものであった。

人の足よりはむろんバイクの方が速いに決まっている。そのバイクが、おれを轢かないのは、運転者がわざとそうしているからである。しかし、いくらわざとそうしているといっても、こちらが少しでも手を抜いて逃げれば、本当にぶつけてやるぞという、そういう運転の仕方だった。

何度か横に転がって逃げたのだが、そうしなければ明らかにおれは、バイクにぶつけられて、よくても片足くらいは骨折するという大ケガをしているところだ。

で、おれは、人通りのない深夜の住宅街を必死になって逃げまわっている、とそういうわけなのである。

2

酒を飲んだ後に、バイクに追っかけられながら、全力で四分走り抜いたらどうなるかという報告をする。

　まず、疲れる。

　足が重くなって、全力疾走とはいっても、あわれなほどのスピードしか出せなくなる。

　気管支や、肺——呼吸器系の部分が痛くなり、知り合いに会っても手さえあげたくなくなるのだ。

　頭はがんがん、指先は痺《しび》れ、吐き気がする。胃が、食道をせりあがって喉《のど》のあたりまで来てしまったような気分になる。

　昼間みた六歳の娘の走りにさえ追いつけそうにない。

　おれは後悔していた。

　こんなになる前に、どこかの電信柱にしがみつくか、物陰に逃げ込むかして、この三人とケンカをすればよかったと思った。

　今は、相手の母親のヘソに対する悪口を言うのさえ、面倒臭い。

　おれの足がもつれた。

　鮮やかなハイキックを放ったこともある脚としては、かなり不様なありさまになっていた。

おれの身体《からだ》が傾いた。
アスファルトの地面が斜めになってぐうっと持ちあがってくる。
その視界の隅に見えた電信柱の陰に、おれは、夢中で転がり込んでいた。
転がり込んだ途端に吐いていた。
げろげろが塊りになって喉から口の中にあふれ、ぴゅっ、と唇からしぶきが飛んだ。
その後に、どっとアスファルトの上にぶちまけていた。
轢《ひ》くなら轢きやがれという気分だった。
吐いたうちの半分は、おれの胸にかかってしまった。
しかも、アスファルトの上に突いた両手の上にも、こぼれたげろげろがかかった。
背中をひきつらせて、大量に吐いた。
やっと吐き終えた時、すぐ目の前のアスファルトの上に、三人分の足が見えた。
ライダー用の革のつなぎを着て、ブーツをはいている。
「汚ねえな――」
男の声が聴こえた。
おれは、せいいっぱいいい表情をして、顔をあげた。
げろげろで汚れた右手を差し出して、ヘルメット姿の男たちに、おれは言った。

「水を持ってきてくれるかい」

おれの所へ来たのは、水ではなく、靴の爪先《つまさき》だった。

おれは、右肘でそれを受けたのだが、ブーツの底の方が、おれの肉よりも堅いという単純な事実を思い知らされただけであった。

吐いたら、いくらか気分が楽になっていた。

これで、この三人がヘルメットさえかぶってなければ、いきなり跳びかかっているところであった。

ひとりに身体をつかまれて引き起こされていた。

街灯の明りに、あからさまにおれの顔がむけられた。

顔を見て、おれが誰であるのか確認をしているらしい。

「今さら、人違いだったなんて言ったら、おれは泣き出すからな」

人違いであればいいと思いながら、おれは言った。

「こいつだな」

「ああ」

かなり確信に満ちた声で、ふたりの間に短い会話がかわされた。

若い声であった。

「滝村薫平だろう？　あんた——」

最初に汚ねえなと声をあげた男の声が言った。

「そうだよ」

おれはがっかりしてうなずいた。

「何で、おれにこんなことをする？」

言った途端に、おれの顔目がけてパンチが飛んできた。

くらったパンチはふたつだった。

この時ばかりは、おれはげろげろに感謝をした。

おれの顔に、まだげろげろがくっついているため、男が、おれを殴る回数に手心を加えたのである。

その時、クラクションの音がした。

停《と》めてあるバイクの後方に、一台の乗用車が、駐車灯を点《つ》けて停まっていた。

その乗用車がクラクションを鳴らしたのだ。

こんな時はたよりにならない他人でも味方である。

だが、その乗用車は、おれの味方ではなかった。

おれを殴った男が、その乗用車に向かって、手をあげて合図をしたからである。

吐いたおかげで、いくらか気分のよくなってきたおれは、仕方なく、ここで最後の抵抗を試みる決心をした。

頭は攻撃できないから、きんたま専門である。

いきなり、後方からおれを押さえている男の股《また》の間に右足の踵《かかと》を差し込んで、前かがみになりながら、股間《こかん》に向かって後方に脚をおもいきり跳ねあげるのだ。

おれのふくらはぎから踵にかけてのあたりで、後方の男の股の底を叩《たた》き、次の瞬間に、前の男のきんたまに、右手の甲をぶちあてる——。

そこまでの構図を、おれは頭に思い描いた。

そして、おれは、それを実行したのである。

3

いきなり、冷たいものが、おれの全身を叩いた。

そのあまりの冷たさで、おれは眼を覚ましていた。

水をぶっかけられたのである。

水をくれといった、さきほどのおれの言葉を、誰かが覚えていてくれたらしい。

しかし、その水の量についてはっきり言っていなかったことを、おれは後悔していた。

おれが欲しかったのは、バケツに一杯の水ではなく、コップに一杯の水であった。

おれが眼をあけると、何本かの足がコンクリートから生えているのが眼に入った。

「気がついたな」

「けっ」

「いびきなんかかいてやがってよ——」

声が聴こえた。

どうやらおれは、気絶させられて、眠っていたらしい。

頭を上に持ちあげようとすると、後頭部にかなりの痛みが跳ねあがった。

その途端に、また水をぶっかけられた。

今度は、三回ぶっかけられた。

最初の一回は、おれを蘇生《そせい》させるため、後の三回は、どうやら、おれの身体についたげろげろを洗い流すためらしかった。

おれは、口を開けてその水を受けた。

酒を飲んで、吐き、めろめろになった後の水はうまかった。

たっぷりと水を飲んでから、急におれは不安になった。

顔をあげた。

革のつなぎ姿の男たちが三人、私服を着た男がふたり、そして、一番後方に女がひとりいた。全員がヘルメットをかぶっていた。

女は、ジーンズをはいていたが、腰の丸みと、胸のふくらみから、すぐに女だとわかった。

かなりいいプロポーションをしているのである。

「ひとつ訊《き》きたいんだがね──」

おれは言った。

「今の水は、どこからくんできた水なんだい？」

そこらのドブ川の水であったら、指を突っ込んでもらって、もう一度吐かなければならないからだ。

「水道の水だ」

おれをぶん殴った男の声が言った。

ほっとしたおれの耳に、続いて男の声が届いてきた。

「ただし、何十日前の水かどうかはわかんねえけどよ」

どこかに溜《たま》っていたやつを、バケツですくって、おれにぶっかけたらしい。

腹が立ったが、おれはそれを顔に出さずにゆっくりと周囲を見回した。

見回すといっても、身体をねじって首だけを動かしたのである。

なにしろおれは、両手と両足を縛られて、コンクリートの上に転がされているのである。

せいせいと広い空間が広がっていた。

高い天井が見える。

もったいないことに、空いたまま使われてない、どこかの倉庫のようであった。

倉庫の中に、バイクを乗り入れているらしく、ふたつの強烈なヘッドライトの光が、左右からおれたちを照らし出していた。

おれは、さきほどのことを思い出していた。

ふたりの男のきんたまを蹴《け》るというおれの構図は、半分もできあがらないうちに、どこかにふっとんでしまったのである。

後方の男の股間に右脚を跳ねあげたのはよかったのだが、うまくきんたまにあたらなかったのである。

跳ねあげたおれの足の角度にも問題はあったのだが、男は、パンツをはく時に、きちんとたまを前に持ちあげてはく習慣があるらしい。普通は、それでも、歩いたりしているうちにちゃんと下に下がってくるのだが、その男は、よほどぴったりとした、小さいブリーフをはいていたのだろう。おまけに、バイクに乗っている時には、たまは前の方に押しあげられているのである。

男の股間を蹴った時、おれは、背をどんと前に突かれていた。

手の甲で前の男のきんたまを叩くつもりが、おれの上体は、前につんのめり過ぎていた。

ぐっと前に突き出たおれの顔を待っていたのが、おれにきんたまを殴られて、激痛にのたうちまわるはずであった男の膝であった。

その膝にみごとに顎《あご》をやられ、おれはその膝を両手で抱え込んで、その上に最後に残っていたげろげろを、きれいにみんな吐き出してしまった。

吐き出し終えたところで、後頭部をしたたかに殴られて、意識を失ったのである。

どうやら、気絶したおれは、最後に見た乗用車にのせられて、ここまで連れてこられたらしい。

おれの眼《め》の前に、ばさっと、何かが投げ出された。

雑誌であった。

『ベスト・アングル』

週刊で出ている、事件や風俗、有名人のスキャンダルを追っかけては写真に撮り、その写真をのっけてしこたま銭をあら稼ぎしている雑誌であった。

「見ろ！」

と、男たちのうちの誰かの声がした。

見ろと言われても、おれには何のことかわからない。

「おい、開いてやれ――」

同じ声が言うと、女が、前に出てきた。

しゃがみこんで、『ベスト・アングル』のページを開いて、おれの前に差し出した。

〝島さおり・暴走族だった過去の事情〟

の見出しと、ページいっぱいに印刷された写真がおれの眼に飛び込んできた。

明らかに、夜とわかる画面の中央に、ひと眼で暴走族とわかる人間の集団がたむろしていた。

革ジャンパーを着た男。鉢巻をした男。ピンク色の上着を着た男――。

様々な男たちが、停めたバイクの前で思い思いの格好で立っていた。

その中央近くで、ひとりの女が、男の腕に左手をまわして、右手の人差し指と中指の間にはさんだ煙草《たばこ》をくわえている。髪の長い、エキゾチックな顔立ちをした女だった。髪の一部を染めていた。

その女が、今、アイドル歌手として人気絶頂の島さおりだったのである。

〝タバコもお酒も駄目なんですぅ、はウソ〟

〝タバコを吸う姿も慣れたもの〟

の、小見出しがある。

「今日、出たばかりのやつだ」

おれを殴った男が言った。

たいへんなスクープで、島さおり側の関係者は、てんてこまいの最中であろう。なにしろ、島さおりは、清純派のアイドルの中では、トップクラスの売れっ子なのである。

「これが、おれとどういう関係があるんだ」

おれは言った。

たいへんな写真ではあっても、何でその写真のために、おれがこんな目にあうのかと思った。

いきなり腹を蹴られていた。

へたくそな蹴りであったが、靴の底が堅い分だけ、腹に響く。

「とぼけるなよ、おっさん。この写真、あんたが撮ったんだろう？」

え？

何を言ってやがるのかと写真を睨《にら》んだ途端に、おれは息を呑《の》んでいた。

え！

なんと、その写真の下に、小さく、

〝写真提供、滝村薫平〟

と文字が入っているのを、おれは発見していたのである。

「どうだい、そこにちゃんとあんたの名前が書いてあるじゃないか――」

「知らんな。こんな写真は撮った覚えはない」

「撮らなくたって、誰かからもらって持ち込んだんじゃないのか」

「知らん」

「撮ったんなら撮ったと、もらいものなら誰が持ってきたのか、それを正直に言えよ」

とんだ言いがかりである。

「あんたたちは何だい。島さおりのグルーピーか」

少なくとも、どこかのヤーさんが、ふとどきな写真を撮った人間をこらしめにやってきたわけじゃなさそうだった。

「島さおりの、蹴りの、当時のお仲間かい」

今度は、蹴りが口に向かって飛んできた。

それから、さんざ蹴られたり殴られたりした。

奴等《やつら》の蹴り方や殴り方からして、少なくとも、おれを殺そうとする意志だけはないのを発見して、おれはいくらかほっとした。

白状しろと殴られ、マスコミの人間は嫌いだと、どこか他で言ってもらいたいお説教まで聴かされた。

「もうその辺でやめてあげて——」

女が声をかけなかったら、たぶんおれは、そこから自分の足で歩いて帰ることすらできなかったろう。

最後におれは、顔を靴の底でぐりぐりとやられ、やっと解放された。

縄を解かれたという意味ではない。

ただそこに放ったらかしにされたのである。

「誰が写真を持ち込んだかは、おれが調べる。勝手に名前を使われて、ひでえ目にあってるのは、おれなんだからな。おれが一番の被害者だ――」

やっとおれは言った。

「こっちでも調べるさ。あの写真を持ち込んだのがあんただってはっきりしたら、また挨拶《あいさつ》に行くからよ」

背を向けた。

「縄をほどいていってくれないのか」

「扉を開けといてやる。勝手に這って出て行くんだな――」

冗談ではなかった。

体育館ぐらいはある広さの倉庫を、縛られたまま奥から入口まで這ったら、ズボンは切れ、膝や肩や頬《ほお》――這うのに使った場所の皮膚が赤むけになってしまう。

出口へ向かった男たちの中から、女がひとりだけおれの方にもどってきた。

「何をするんだ」

「手だけロープをほどくのよ。明日の朝、この姿でこの人が発見されれば騒ぎが大きくなるわ――」

女が、背にまわされたおれの手をしばっているロープを解き始めた。

男たちは、女をとめなかった。

黙って、女がロープを解くのを見ていた。

「感謝しとくよ、とりあえずな」

おれは女に言った。

「ごめんなさい」

女が、おれにだけ聴こえる小さな声で囁《ささや》いた。

その声に、聴き覚えがあった。過去において、どこかで、確かにその声を聴いたことがある。しかし、それが、いつ、どこでのことであったのか、おれは思い出せなかった。

「あんた――」

そこまで言いかけた時、女が立ちあがった。

ロープを解き終えたのである。

おれが、自分の足で立ちあがったのは、男たちのバイクが倉庫から出て、五分もしてからであった。

酔いは覚めていたが、二日酔いをした以上に気分は悪かった。

あの写真を誰が持ち込んだのか、それを確かめずにはおかない気持であった。

4

午後、十時——。

おれは、吸っていた煙草を、まだ半分以上も残したまま、アスファルトの上に捨て、足でそれを踏み消した。

横須賀——。

駅に近い繁華街から少し離れた通りにある〝ランボー〟というスナックの前である。

正確には、通りをはさんで反対側の、電話ボックスに背をあずけて、おれは、ひとりの男を待っていた。

男の名前は、木村均。

今年で二十三歳くらいになるはずであった。

その木村が、今回問題になった写真を、『ベスト・アングル』に、おれの名前をかたって持ち込んだということがわかったのである。

木村は、一年ほど前、半年近く、おれがバイトとして使っていた人間である。

バイクの運転がうまく、出先から、急ぎのフィルムや原稿などを雑誌の編集部に届けるというのには、実にちょうどいい男であった。

たまたま『ベスト・アングル』の編集部に顔が通じていたため、おれがある筋から手に入れたものだといって、あの写真を持ち込んだのだ。

それが十日前のことだという。

今日の昼、編集部の知り合いに電話を入れて、わかったことであった。

タキムラスタジオのロゴの入った封筒にその写真を入れ、木村がやってきたのだということ。

写真は、本物であった。

写っているのは、現在から三年ほど歳《とし》を若くした島さおりであった。

『ベスト・アングル』は、その写真に飛びついた。

現在の、キュートで愛くるしい顔をした、舌足らずの声でしゃべる超アイドル島さおりからは、想像もつかない写真であった。

元暴走族という噂は、これまでにもなかったわけではないが、決定的な証拠もなく、うやむやになっていた。そこへ出てきたのがこの写真であった。

確認の電話が入った時は、おれはスタジオにある事務所を留守にしていた。

電話には、木野原英子が出た。

そういう写真のことは聴いていない、木村は半年ほど前にバイトをやめている、と、そう英子は伝えた。

しかし、英子に内緒で仕事をやって、事後報告の場合もある。そういうケースかと思ったと、英子はおれに言った。

だから、本人に確認をとってから、あとで返事をすると、英子は答えた。

英子の話では、十日前の夕刻、帰ってきたおれにそのことを伝えたという。

その時のおれは、うんうんとうなずきながら、その日に届いていた一枚の葉書を眺めていたのだという。

娘の運動会の開催日時を記した葉書である。

その葉書を眺めながら、おれは、間違いなくうんとうなずいたというのである。

そういえば、『ベスト・アングル』から電話があったと英子に言われたような気も覚えがなかった。

どうやらそのあたりで行き違いが生じていたらしい。

しかし、『ベスト・アングル』にとっては、その写真が本物かどうかが問題なのであって、誰が撮ったのかは問題ではなかった。

掲載の線は、いずれにしろ動かない。

写真がのったというのは、あながち、おれが悪いというばかりのものではないのである。

そういったことを、今日の昼に、おれは調べたのである。

英子が言うには、昨日の昼に電話があり、男の声で、滝村はいるかと問われたという。出かけていると答えると、夕刻にまた同じ男から電話があった。

ちょうど、おれが、〝けんちゃん〟に行くと電話を入れた直後だ。

英子は、その男に、おれが〝けんちゃん〟に行ってることを、教えたのだという。

その男というのが、どうやら昨夜襲ってきた男のうちのひとりに間違いはないようであった。

おれは、半日かかって、木村均がどこにいるのかを、彼の友人たちの間をわたり歩きながら、調べた。

で、今、木村が働いているスナックの前におれは立っているという、そういうわけなのである。

仕事を終えて出てきた木村に、おれはどんな表情で会おうかと思っていたのだが、こわい顔もいい顔もなかった。

おれの顔の面積の半分近くは、リバテープで埋まっているのである。

木村が出てきたのは、十時十七分過ぎであった。

おれは、ゆっくりと木村の方に歩み寄った。

すぐに、木村は、おれが誰だか気がついた。

「滝村さん……」

つぶやいて眼を伏せた。

「久しぶりだな」

おれは言った。

「はい」

木村が答えた。

「用件はわかっているだろう」

おれが言うと、木村は、顎を小さく引いてうなずいた。

「向こうに車が停めてある」

言って、おれは歩き出した。

木村がおれに続いて歩き出した。

5

おれは、ジムニー一〇〇〇のアクセルを踏み込んでスピードをあげた。
左手に、海が見えている。
海といっても、青い海ではない。
釣り舟の灯《あか》りがちらほらと浮かぶ、黒々とした闇《やみ》の色をたたえた海だ。
「あの写真のことでしょう？」
木村がそう言ったのは、ジムニーが走り出して、十分近い時間が過ぎてからであった。
その十分近い時間を、沈黙したまま、おれはジムニーを走らせていたのである。
あまり口数の多い男ではなかったが、状況が状況だけに、さらに口が重くなっていた。
「そうだ」
おれは、前方の闇を見つめながら言った。
窓を開けているため、濃い潮風が入り込んで、おれの髪をなぶっている。

「あやまる前に、どうしてあんな写真を持ち込んだのか、それを説明してもらおうか」

「無断で滝村さんの名前であの写真を持ち込んだことです」

「何をあやまってるんだ」

「すみません」

「――――」

「金が欲しいというわけじゃなさそうだな」

「お金が欲しくてあんなことをしたわけじゃありません」

木村は、はっきりと言った。

木村が、金を目的にあの写真を持ち込んだのではないことはわかっている。木村は、『ベスト・アングル』から一銭の金ももらってはいないし、あの写真がおれのものだと言って持ち込んだ以上、金がおれの方に入るのは、初めからわかっていよう。

むろん、売名ではない。

名前を売りたかったら、自分の名前で持ち込むはずだからである。

「恨みか――」

と、おれは言った。

「島さおりを恨んでやったのか――」

木村は答えなかった。

かわりに別のことを言った。

「あの写真の連中に、昨日、やられたんでしょう?」

「写真の?」

「島さおりがいた、暴走族グループの連中です」

「やっぱりそうか。しかし、なんで、そのことを知ってるんだ」

おれはまた訊いた。

だが、木村は答えない。

おれの頭の中に、ふいに、昨日、おれをしばっていたロープをほどいてくれた女の声が響いた。

「葉山良江か!?」

おれは言った。

「そうか、おまえも、葉山良江も、あの島さおりのいた暴走族グループに入っていたんだな――」

おれの言葉を、木村は、肯定も否定もしなかった。

葉山良江は、一度、スタジオに木村を訪ねてやってきたことがあった。木村をバイトとしてやとってから、三カ月目くらいの頃《ころ》である。木村が留守の時で、スタジオの隅で申しわけなさそうに、凝《じ》っと静かに二時間近く彼を待っていた二十歳くらいの女を、おれは今でも覚えている。

「ごめんなさい」

小さな声で、葉山良江が、おれと英子にそう言った言葉の抑揚《よくよう》まで、おれは思いだしていた。

それと同じ〝ごめんなさい〟を、おれは昨夜耳にしたばかりだった。

おれのロープを切ってくれたのが、あの時の葉山良江だったのだ。

〝ごめんなさい〟とはどういう意味か。おそらく、葉山良江は、あの時すでに、誰があの写真を『ベスト・アングル』に持ち込んだのかを知っていたのである。

尾行車におれが気づいたのは、その時であった。

何気なく、視線を送ったバックミラーに、見覚えのある乗用車が映っていたからである。

「そうです」

尾行車のことを知ってか知らずか、木村はうなずいた。

「ぼくも、良江も、それから島さおりも、シーザーのメンバーでした」

「シーザー？」

「写真にのっていた連中がやっている、暴走族の名前です」

「それがどうしてこういうことになったんだ？」

おれが訊いたその時、乗用車がいきなり追い越しをかけてきた。

ジムニーの車体《ボディ》をすれすれでこそいでゆくようなスピードであった。

「ちい！」

おれは声をあげた。

おもいきりアクセルを踏み込んだ。

しかし、悲しいくらいにジムニーはスピードがでない。

ジムニーがスピードをあげた。

しかし、その時にはすでに乗用車に、横に並ばれていた。

追い越されて、前にはいられた。

ゆっくりと、ブレーキングをしてきた。おれもゆっくりとジムニーのスピードを落とした。

乗用車が、左へウインカーを出した。

これからバイパスを出るからついてこいという合図であった。

肚《はら》を決めた。

昨夜の復讐《ふくしゅう》戦ということになるかも知れなかった。

身体のあちこちが悲鳴をあげているが、それでも、酒が入っていない分だけ、今日の動きの方が、昨夜の動きよりはいいはずであった。

いよいよとなったら、闘うしかなかった。

バックミラーを見ると、やはり、後方の逃げ道をふさぐように二台のバイクがぴったり後についているのであった。

わかった、と、そう答えたつもりで、おれはジムニーのウインカーを左にあげた。

「逃げないんですか――」

木村が言った。

「昨夜はいいようにやられてるんでね、少しはお礼をしとかなくちゃいけない」

ふてぶてしく笑ったつもりなのだが、リバテープのため、それがどこまでふてぶてしく見えたか、自信はなかった。

6

乗用車と二台のバイクに前後をはさまれて、ジムニーは、松林の中に入り込んでいた。

乗用車が停まった。

おれもジムニーを停めた。

しかし、外には出ない。運転席で、むこうの出方を待った。

すぐに、乗用車から、三人の男が下りてきた。

やはり、昨夜と同じように頭にヘルメットをかぶっている。そのうちのひとりは、右手にバットをぶら下げていた。

「やっぱり、おまえたちは、グルだったんだな――」

おれを、昨夜最初に殴った男の声であった。

その声を発した男が、ヘルメットを脱ぎ捨てた。

「宇藤……」

助手席で、木村がつぶやいた。

「知ってるのか――」

「昔のメンバーですから」

次にヘルメットをはずしたのが、秋山。最後にヘルメットをはずした手にバットを持っている男が、川田であった。

「宇藤！」

助手席から、木村が叫んだ。

「木村、おまえか、その男にさおりを売ったのは？」

宇藤が言った。

言った時には、バットを持った川田が走り寄ってきていた。

バットを大上段にかまえて、いきなりジムニーのボンネットを力まかせにぶっ叩いた。

おれは、ほとんど自分の肉体がぶん殴られたのと同じ痛みを味わっていた。かっと頭に血が登った時には、フロントグラスにバットが叩き込まれていた。眼の前で、きれいにフロントグラスが砕け散っていた。

「やめろ！」

叫んで、おれは外に飛び出していた。

おれを目がけて、川田がバットをぶんまわしてきた。

さすがに酔っていないせいか、その動きはよく見えた。

こういう頭がおかしい男には、手など抜いてやる必要はない。

おれは、そのバットの攻撃を頭を沈めてかわすと、一歩前に踏み込みながら、強烈な前蹴りを男の腹にぶち込んだ。

川田は、身体をふたつに折って後方にすっ転がって動けなくなった。

これが、元プロの技というやつである。

もう、おれの動きは止められなくなっていた。

そのまま、宇藤に向かっておれは疾《はし》った。

宇藤が後方に引くよりも、おれが前に出る動きの方が早かった。

宇藤の脇腹《わきばら》に、おれの右足の爪先が、気持いいほど深く潜り込んでいた。

バイクの男たちが、駆け寄ってきた。

呻《うめ》きながら、川田と宇藤が立ちあがる。

宇藤の右手にナイフが握られていた。

いよいよ本格的に始まろうかという時に、乗用車の後部のドアが開いて、中から、女が飛び出してきた。

「良江――」

木村が言った。

「やめて！」

女――良江が叫びながら、おれたちの中に割って入ってきた。

「滝村さんは何も知らないの。わたしと、木村さんが、こんどのことはやったのよ――」

言うなり、ボタンを引きちぎるように、シャツの前を両手で開いた。

みごとな乳房がむき出しになった。

その乳房の上に、ぞっとするような赤い筋が入っているのを、おれは見た。

「ヨシエ、おまえ……」

宇藤が、その赤い筋に視線を釘《くぎ》づけにしたまままつぶやいた。

7

葉山良江の所に、島さおりから電話があったのは、一カ月前であった。

良江が、受話器をとると、

〝元気？〟

聞き覚えのある声が耳に飛び込んできた。

〝私よ、三島さおり――〟

三島さおりは、島さおりの本名である。

さおりは、良江に、女優になる気はないかと訊《たず》ねた。新しい映画を一本撮ることになり、島さおりが演ずる主人公のクラスメートの役を、今捜しているのだという。

〝あなたは、もともと私より素質があった人だから〟

と、さおりは言った。

一度、個人的にオーディションを受けてみる気はないかという。

良江はその気になった。指定された日に、指定された場所に出かけて行った。そこは、都内の一流ホテルであった。

ワンピースを着て行った良江を待っていたのは、ふたりの男であった。さおりはそこにいなかった。どこか様子がおかしかった。映画のプロデューサーということであったが、そういう雰囲気の人間たちではなかった。

しばらく話をした後、ヌードになれと言われた。

良江は、部屋を出ようとした。

そこでいきなり襲われて、服を脱がされた。

抵抗した。三日前に買ったワンピースをひきちぎられた。

SMの道具までそろえられていた。乳房の赤い筋は、その時につけられたものであった。

さんざんもてあそばれたあげくに、十万円という金を渡され、オーディションの結果は、後で連絡すると言い残してふたりの男は出て行った。

むろん、連絡などなかった。

興行上のことで、島さおりのプロダクションと、ある暴力団との間にトラブルがあり、そのトラブルをおさめる条件のひとつの中に、若い女をひとりまわせというのがあり、それに良江は利用されたのであった。

良江は、それを、もとシーザーのメンバーであった、木村に打ちあけた。というよりも、良江の様子がおかしいのに気づいた木村が、良江を問いつめて、良江の口からそれを聴いたのである。

三島さおりは、強烈な個性を持った女だった。

シーザーという暴走族自体が、そのさおりを中心に集まってきた男たちで構成されていたようなものであった。

木村は、三島さおりを好きだった。木村だけではない。宇藤も、秋山も川田も、皆、三島さおりが好きだった。

だから、さおりが芸能界へ入るのをきっかけに、シーザーは解散した。そのおり、元暴走族であったというさおりの過去は他人には絶対に秘密にするということを、仲間どうしで誓いあった。

そのさおりが、してはいけないことをしたのだ。

シーザーを解散してから、木村は、良江とつきあうようになっていた。良江が木村に思いを寄せていて、わざわざ、滝村のところでバイトをしている木村の居場所を捜して会いに来たのがつきあうきっかけになった。

良江から事情を聴いて、木村は、仲間との誓いを破る決心をした。昔のネガをひっぱり出し、それを、滝村の名前で『ベスト・アングル』に持ち込んだのである。

そこまでを、良江と木村が交互に語った。

途中から良江が泣き出して、後半は、ほとんど木村ひとりがしゃべった。

「本当なんだな――」

話を終えた木村にむかって、宇藤が言った。

「本当だ」

低く、しかしきっぱりと木村は答えた。

「今度の写真の件について、さおりからおれの所へ電話があったんだ」

宇藤が言った。

「誰が写真を提供したのか、そいつを調べて、場合によったら、痛い目に合わせてもいいってな」

苦いものを吐き出すように言った。

長い沈黙があった。

「おれたちは手を引く――」

宇藤が言った。

反対する者はなかった。

「あとは好きにしてくれ」

宇藤が背を向けて歩き出すと、全員が、それに続いた。

おれと、木村均と葉山良江だけが残された。

波の音が、風の中に聴こえていた。

ポンコツ寸前のくせに、きちんとジムニーのエンジンがかかった。

「乗ってくかい」

おれはふたりに声をかけた。

ジムニーは走り出した。

実に風通しがよかった。

フロントグラスがきれいになくなっているのである。

色々なことがあったあげくに、誰も得したやつがいないというのが、くやしかった。

もう、名前を使われたことに腹をたててはいなかった。

おれは、風に吹かれながら、『ベスト・アングル』が、あの写真にいくら出すだろうかと考えていた。

傷の治療費と、ジムニーの修理代を引いたらいくら残るだろうかと思った。

その金を、どういう渡し方をしたらこのふたりが受け取るだろうかと、おれはしきりとそのことを考えていた。

ラジオを付けようとしたのだが、鳴らなかった。

島さおりも、このスキャンダルのダメージからは立ちなおれまい。

全員が無言だった。

無意識にラジオをいじっているうちに、いきなりどきりとするけたたましい音で、ラジオが鳴り出した。

ラジオが鳴らなかった原因がわかった。

ラジオのスイッチを、最初、おれはＮＨＫに合わせていたのである。

深夜の零時を過ぎると、ＮＨＫの電波は大気中から消えてしまうのである。

それに気づかずにスイッチをいじっている間に、スイッチがふいに民放に入ったのだ。

時計を見ると、午前零時をわずかにまわった所であった。

ほとんど二十四時間、ろくに眠りもせずに、この中年のおじさんは動きづめだったことになる。

潮風を受けながら、おれの頭の中には、運動会で見せた、おれの娘の手の小さなひらひらが、しきりとちらついていた。

死闘の掟

1

闇《やみ》の中に、潮騒《しおさい》のように、人のざわめきが満ちている。

静けさと、そう呼んでもかまわないざわめきである。

大きな海のうねりのように、ざわめきがゆっくりと高まってゆく。

そのざわめきを、びんびんとはじき飛ばすように、小気味のよいロックのリズムが、会場の空気を叩《たた》き始めた。

大きくなってゆくざわめきが、急速にひとつのリズムと志向性を持ち始めた。

客の興奮がおれにもうつったらしく、カメラを握っているおれの手が軽く汗ばんでいる。

ニコンＦ３。

モータードライブを付けたプロ仕様のブラックボディに、35㎜～70㎜のズームレンズが装着してある。

フィルムはトライX。

ストロボは、スピードライトSB－14。

場所は赤坂セントラルホール——新東洋プロレス、ヴィクトリーシリーズの最終戦の会場であった。

今夜の最終カードであるWWA世界タイトルマッチ、鳴海英治対ジャンキー・エリスンの試合が、今、始まろうとしているのである。

スポットライトの光芒《こうぼう》が、闇を裂いた瞬間、巨大なハンマーで、いきなり会場全体をぶっ叩いたような衝撃が、ホールの天井に爆発した。

一万二千人を越える人間が、同時に声をあげたのである。

どおっと、波の轟《とどろ》きに似たものが、一瞬会場にふくれあがり、続いてめちゃくちゃな歓声が、会場全体をぶっかき回した。

でたらめなその歓声が、たちまち、
なるみ！

なるみ！

という鳴海コールの合唱に変わる。

それに、手拍子が加わってリズムをとり始めた。

野球の応援のように、誰《だれ》か指揮をする者がいるわけでもないのに、みごとなまでに統制がとれている。

リングサイドにいるおれには、まだ鳴海の姿は見えない。

鳴海に群がっているぼろ屑《くず》の塊りのような人の盛り上がりが、ゆっくりとリングに近づいてくるのが見えるだけである。

リングの外周を囲んでいる鉄パイプの柵《フェンス》に近い人垣が割れ、若手に先導されて、ようやく鳴海が姿を現わした。

真紅の地に、金色に波の模様が刺繍《ししゅう》されているガウンに身を包んでいた。

リング下から、リング上を軽く睨《にら》み、鳴海がリングに上った。

片手をあげて、咆《ほ》える。

いつもの鳴海のポーズである。

鳴海コールが崩れ、めちゃくちゃな歓声が跳ねあがり、四方から三ケタを越えるテープが飛んだ。

ファインダーを覗《のぞ》いてシャッターを押しているおれの左のこめかみに、投げそこねたテープが当った。

小さいが、鋭い痛みが走った。

紙で皮膚を切った時の、あのいやな痛みである。

左手を当てると、指先に血が付いていた。

今のテープで、こめかみの、髪の生え際を切ったのだ。

糞《くそ》!

と思いかけたが、このテープを投げたはずの、どこぞの糞ガキを、おれは許すことにした。何しろ、一度は、キックボクシングのプロのリングにあがったおれとしては、プロレスについてはかなりのミーハーであった時期があったからであり、今でさえ、ついつい、カメラマンという自分の仕事を忘れそうになってしまいそうなくらいなのだ。

続いて、チャンピオンのジャンキー・エリスンが入場してきた。

身長、一九七センチ。体重、一四〇キロ。

鳴海よりはふた回りは大きい。

がつんと、強烈に、胸が前にせり出している。

胸の下で雨やどりができそうなくらいである。

しなやかな筋肉の鳴海に比べて、エリスンの筋肉は岩のようであった。筋肉を強化する何かの薬を飲んでいるらしい。

悠々とリングの上に立った。

鳴海に負けないくらいの歓声があがる。

ジャンキー、つまり、麻薬中毒者のリングネームを持ってはいるが、エリスンはれっきとしたベビーフェイス——善玉をやっている。元々は、悪役《ヒール》としてデビューしたのだが、ベビーフェイスだろうがヒールだろうが、気に入ったレスラーには熱狂的に声援を送ってしまう日本のリングでのしあがり、いつの間にかニューヨークのM《マジソン・》S　G《スクエア・ガーデン》に、ベビーフェイスとして登場するようになってしまったのである。

今年の春には、クラッシャー・ヤコブから、WWAのチャンピオンベルトを奪い、みごとに№1の座についてしまった。

デビューからわずかに四年半というスピード出世ぶりである。

今シリーズは、今日一日だけ、この試合のみの参加である。

ヤコブにベルトを奪われた、前々王者のボブ・ワトスンが、このシリーズに参加しており、このメインエベントの前の、セミファイナルに出ている。

ボブは、渋いファイトをするかなりの実力者だったのだが、昨年の十二月、MSGで行われたWWAの定期戦のテレビマッチで、ヤコブにベルトを奪われたのだ。

おれ好みのレスラーで、いかものヤコブなどにベルトを奪われる程度の男ではないのだが、試合前日のテレビのインタビューで、いきなりヤコブに椅子《いす》で殴りつけられ、左肩を脱臼《だっきゅう》させられていたのである。

ケガを押して試合に出、その結果がレフェリーストップの負けであった。

そのボブ・ワトスンはセミファイナルで、新東洋プロレスの中堅、高野光彦を、チキンウイング・フェイスロックという、一見地味だが、かなり高等な関節技でギブアップさせている。

パワーと馬力のブルファイター・エリスンとは逆のタイプのレスラーである。

山のようなテープの束がリング上からとりのぞかれ、試合が始まった。

鳴海のテクニックと、エリスンのパワーが、真向からぶつかり合う、みごとな試合であった。

しかし、このメインエベントの主役が、鳴海でも、エリスンでもなかったことをおもい知らされたのは、試合開始のゴングが鳴ってから、二、三分後のことであった。

鳴海をロープにふり、自らも反対側のロープに飛んで、エリスンが強烈なラリアートを放った。鳴海の喉《のど》に、丸太のようなエリスンの右腕がおもいきりくい込んだのだ。

押さえ込みに来るエリスンの巨体から、鳴海は、かろうじて場外に逃がれた。

転げるように場外に出た鳴海を追って、エリスンがロープをくぐった。

轟《ごう》っという、歓声がホールに満ちたのはその時であった。

〝ボブだ〟

歓声の中に混じって、そういう声がおれの耳に届いてきた。

大勢のカメラマンが重なるように、場外の鳴海とエリスンにレンズを向けている。

そのカメラマンの群れの中から、ファインダーごとおれは顔を持ちあげた。

ファインダーの中に、ボブの顔が映った。

フォーカスを合わせ、おれは夢中でシャッターを切った。

ボブは、凄《すご》い眼《め》をしていた。

鳴海を引き起こし、その腰に、背後から腕を回しているエリスンを睨《にら》んだ。

いっきに柵《フェンス》を乗り越えた。

どっと観客が声をあげる。

しかし、場外で鳴海をバックドロップに決めようとしているエリスンは、その歓声を違うものと受け取った。自分の声援と思ったらしい。

鳴海を持ち上げて、後方に背を反り返らせた。

そのエリスンの背後に、カメラマンを突き飛ばしてボブが走った。

後方に倒れかかるエリスンの後頭部に、ボブが、すくいあげるような強引な右のラリアートを力まかせにぶち込んだ。体重の乗ったみごとなカウンターであった。

エリスンは、棒のように後頭部から場外の薄いマットに倒れ込んだ。自分と鳴海のふたり分の体重がかかっていた。

必死の顔をした鳴海、太い唇を吊《つ》りあげたエリスン、その後頭部にラリアートをまさに叩き込もうとしているボブ——三人のそれぞれの表情を、おれはみごとにファインダーに捕えていた。拳銃《けんじゅう》から弾丸を発射した時のような、がつんという手応《てごた》えをおれは感じていた。

決まりだ！

最高のショットであった。

倒れたふたりに向かってたて続けにシャッターを切ったが、それは、強烈に射精したペニスが、余りの精液を二度三度に分けて吐き出しているようなものであった。

鳴海が立ちあがった。

リングに転げ込む。

エリスンは、まだ倒れたまま、頭に手をあてて、首を振っている。

レフェリーが、ロープから身を乗り出してカウントをとっている。

十七まで数え、

「ヘイ、エリスン！」

声をかける。

なんとかリングに上げようとしているらしい。

中断したカウントをまた、一から数え始めた。

カウントを半分まで進め、またエリスンに声をかける。

二度、カウントを最初から数え始めた時、ついに、観客が、レフェリーに合わせて大声でカウントをとり始めた。

「二十《トゥエンティ》！」

遅いカウントを、ようやくレフェリーが数え終えた時も、エリスンはまだ上半身を起こしかけただけであった。

ボブの姿は、もうそこにはない。

鳴海が、レフェリーを押しのけ、リング下のエリスンに向かって叫んだ。

「馬鹿《ばか》野郎！」

その鳴海の右手をあげようとするレフェリーの手を、鳴海がふりほどく。

指を一本、突きたてる。

こんな決着は納得できない、もう一度やらせろ——そんなことを叫んでいる。

ようやくエリスンが起きあがった。何がおこったのかやっと理解したらしい。獣に似た声をあげて咆えた。

「畜生《ガッデム》！」

ボブの名を叫んで柵《フェンス》を両の拳《こぶし》で叩いた。

鉄パイプのフェンスが、あっさりと曲がった。人間離れした力《パワー》だった。

〝自分自身とおまんこしろ〟とか、〝てめえの母親に突っ込め〟とかいう意味の、スラングを、ボブの控室の方角に向かって咆えたてた。たて続けに、叫び出した。

残念ながら、おれには、そのスラングの半分も意味はわからなかった。

そのエリスンを、カメラに収めようと、のこのこ前に出たのが、おれの失敗であった。

エリスンが、ファインダーの中から、赤い鬼のような顔をおれに向けた。

その顔が、ふいにファインダーの中央に迫った。

エリスンの右手の甲が、おれのカメラを横に払いのけた。

バットのフルスイングを手に受けたような衝撃があり、おれの手からカメラがふっ飛んでいた。

泣きたくなるような音をたてて、カメラが、青い鉄柱にぶち当った。

2

おれの名前は、滝村薫平《たきむらくんぺい》。

カメラマンである。

六本木に、小さなスタジオと事務所を持っている。仕事場がそのままおれの住居になっている。

女を撮らせたらとか、風景を撮らせたらとか、何を撮らせたらかなりのものという分野がおれにはない。何を撮ってもかなりのセンの写真を撮ることができると自分では思っているのだが、友人の『激写春秋』の松浦などは、そうは思ってないらしい。技術とか感性などよりは、もっぱら体力で撮る仕事ばかりをおれに回してよこす。

許せないことに、業界の一部には、〝体力写真家〟というおれのイメージがかなり浸透しはじめている。

ようするに写真の何でも屋である。

他にやりてのいないような仕事、後ろに手が回るすれすれの仕事ばかりがおれの所に舞い込んでくるのだ。

何年か前、巷《ちまた》でひそかなブームを呼んだ、ハードカバーのヌード写真集『曼陀羅華炎』――ようするにビニ本なのだが、あれはおれの仕事である。その淫らさよりも芸術性が受けて、好事家《こうずか》の間では、びっくりするほどの値で取り引きされている。

写真の仕事に貴賤《きせん》を言うつもりはないが、おれにも撮りたい写真の好みがある。

〝尻《しり》が軽くて口の重い美人女優のヌード写真〟

それがおれのやりたい理想の仕事なのである。

しかし、最近では、ヌードや女の仕事というと、おれをさしおいて、助手として使っている木野原英子の方ばかりに注文が来る。まるで、おれが英子の助手みたいな気分になる時すらあるのだ。

たまんないぜ。

おれのところをやめて、フリーになっても喰《く》っていけるだけの実績はあるのに、何故《なぜ》か英子はそうしようとしない。

前にも言ったが、おれにはその理由がわかっている。

英子は、迫りくる中年症候群の諸症状と、涙ぐましい奮闘を続けているこのおじさん――つまりこのおれに惚《ほ》れているのである。

やや向うっ気は強いが、英子は個性派の美人で、プロポーションなどは、そこらのモデルなんぞよりはずっといい。年齢は二十六歳。

笑うと、ふるいつきたくなるような色っぽい眼になる。

男として、かなりの忍耐をしながら、おれは日々彼女と顔を合わせているのだが、悪い気分のものじゃない。

手をつねられるのが楽しみで、一日に一回は、英子の尻を撫《な》でてやるというのがおれの日課である。

うらやましいだろうが。

まあ、いい。

そのおれが、何でプロレスの写真なんぞを撮るようになったかという話だ。

一昨日の昼、英子の尻におれが手を伸ばしかけた時、ふいに電話が鳴ったのである。

おれの手を叩いて英子が受話器を手に取った。

「実話社の小島さんから――」

そう言って、英子がおれに受話器を渡した。

「滝村ですが」

おれが言うと、

「『週刊・実話ヤング』の小島です」

だみ声が、受話器の向こうで言った。

「どういう御用件でしょうか」

「実は、『激写春秋』の松浦さんから紹介していただいたんですが――」

「はい」

おれは答えた。

『週刊・実話ヤング』なら、知り合いのやっている雑誌だと、以前に松浦から一冊もらったことがある。

女の裸と、芸能界、および暴力団の内幕ものを三本の柱にしてやっている雑誌である。

「今度、うちで〝何故、今プロレスか〟と、そういうような特集をやることになりまして、その写真をお願いしたいと思いまして――」

「プロレス？」

「松浦さんにうかがったら、だいぶお詳しいという話で。何かのリングにもお立ちになったことがあると聞きましたが――」

とんでもないことを言い出した。

レスラーへのインタビューや、他の取材はすでにすんでいて、後は、明後日のタイトルマッチの写真だけなのだという。

自社に専属のカメラマンもいることはいるのだが、何しろ、プロレスなどはテレビでも見たことがないらしく、それでおれに仕事を頼みたいというのである。

気の小さいカメラマンでは、場外乱闘の修羅場の中では、他のカメラマンに圧倒され、ろくな写真は撮れまいし、とばっちりを受けたらカメラは壊されるわ、ケガはするわと、とんでもない有様となる。

リングの写真でも、ある程度は試合の流れや、技の組み立てを知らないことにはどうしようもない。今回の写真は、一発勝負である。

で、おれならばということであるらしい。

こっちだって、プロレスの写真などはやったことがない。

――しかし。

プロレスの試合を、特別席から見ることができるという機会《チャンス》を逃がすわけには行かない。

すでに写真取材の許可は、新東洋プロレスからとってあるという。

よろしい。

まかせなさい。

おれが受話器を置いた時、おれの顔を見つめている英子と眼が合った。

「なんていやらしい顔しているの」

英子が言った。

「え」

「お尻の軽い女優さんと、デートの約束ができたばかりって顔よ、それ」

ついつい、にんまりとした笑みが、おれの顔からこぼれ落ちていたらしい。相当助平な顔つきになっていたろうと、自分でも想像できる。

「いや、今度のデートの相手は、尻の重い人間でね」

「プロレスラーでしょう」

英子が言う。

ちゃんとおれの電話を聴いて、だいたいの話は呑《の》み込んでいるらしい。

「その晩は、食事に連れて行ってくれるんじゃなかったの？」

英子が言う。

言われて、おれは思い出していた。

二カ月ばかり前、松浦に頼まれ、覚醒剤《かくせいざい》事件の容疑者であったある歌手の写真を撮ったのだが、その分の金が、つい先日おれの口座に振り込まれたのだ。

その写真をスクープしたおり、かなりやばい目に英子を合わせてしまい、金が入ったらそのおとしまえを、つける約束になっていたのだ。

その日が、明後日――つまり、今晩の約束だったというわけなのだ。

プロレスの試合が終了するのが、だいたい九時である。

その後、『週刊・実話ヤング』に撮影したフィルムを渡してすぐに駆けつけるからと、英子をスタジオに待たせて、おれは仕事に出てきたというわけなのだ。

――だが。

鉄柱に叩きつけられたおれのニコンは、みごとに歪《ゆが》んで、裏蓋《うらぶた》のところに隙間《すきま》が開いていた。そこからフィルムの端が見えていた。

おれは呻《うめ》いたが、どうしようもない。

フィルムがあっけなくパアになってしまったのだ。

最初に撮影したものについては、かなり巻き込んであるので使用できるものも何枚かはあるだろうが、かんじんのメインエベントの分が、おシャカになってしまったのは明らかである。

さらに光が入らぬよう、その隙間を腹に当てて、おれはフィルムを巻きもどした。

くやしいことに、巻きもどす分のメカは、こんな有様になってもきちんと作動した。

さすがは頑丈さには定評のあるニコンだったが、おれはちっとも嬉《うれ》しくなかった。

プロとして、ごめんではすまない。

やり直しが効かないのである。

まさか、もう一度、メインエベントをやってもらうわけにはいかない。

初めてのリングサイドに興奮して、ついいい気になり過ぎた自分が恥かしい。

何があろうとも、まずカメラを守るべきだった。

新東洋プロレスのフロントに理由を話し、カメラの弁償はともかく、メインエベントの写真を、どこかのプロレス専門誌から、借りられるよう、その手配だけを頼んだ。

かなり落ち込んだ声で、おれはスタジオに電話を入れ、英子と、渋谷の『エスペランサ』で待ち合わせをした。

スペイン料理のかなり美味《うま》いものを喰わせてくれる店で、バーボンのいいやつが置いてあるのである。

よく磨いた小さな厚いグラスにバーボンを半分くらい注いで、そいつを口の中に放り込むようにして飲んでみたかった。

夜のデートには、およそ不似合な、おれの愛車、ジムニー一〇〇〇に乗り込んで、おれは、尻尾《しっぽ》を垂れたノラ犬のように、夜の街へ向かってアクセルを踏んだ。

3

フィルムを『週刊・実話ヤング』の編集に届け、『エスペランサ』のドアをくぐった時には、夜の十時十分になっていた。

約束の時間に十分遅れている。

おれは、ジーンズに、黒いTシャツ、その上にややくたびれた革ジャンパーをひっかけたいでたちで、店の中を見回した。

左肩には、トライXをぶっ込んだ、ニコンFGをぶら下げている。どんな時でもカメラだけは身に付けておくという、おれの習慣である。

店内には、やけに耳にきんきんとくるギターが響いていた。

髯《ひげ》を生やした、いかにもスペイン風のなりをした男が、店の奥でギターを弾いているのである。

指で耳の奥をはじかれているような、がさつな音であった。しかし、今日のおれの気分はあまり良い方ではないので、ギター弾きのせいにばかりするわけにはいかないかもしれない。

英子の姿はすぐに見つかった。

店の奥の、ギター弾きのすぐ前の席である。

右手にあるカウンターと、テーブル席の間をすり抜けて行かねばならない。

英子の同情をひこうと、わざと力なく小さく手を振って、おれは歩き出した。

英子の席の手前で、おれは立ち止まった。

かなり図体のでかい男が、カウンターの椅子を後方に引いて腰を下ろしているため、おれがすり抜ける空間がそこにないのである。

外人であった。

独りで酒を飲んでいた。

おれが声をかける前に、外人がおれに気がついた。

「失礼――」

たどたどしいイントネーションの日本語でつぶやき、椅子を前に引いた。

その時、ちらっとおれの方を見やったその外人の顔を見て、おれは自分の眼を疑った。

そこに、今夜、フィルムをおじゃんにされた原因を造った、あの、ボブ・ワトスンが座っていたのである。

おれはいくらかどもりながら頭を下げて、ボブの後方をすり抜けた。

「待たせて悪かったね」

おれは英子に声をかけ、腰を下ろした。

英子は、ビールを飲んでいた。

いや、まだそれを口につけてはいないらしい。

ビールの小瓶がテーブルの上に乗っていて、中身が半分ほど、瓶の横のグラスに移動していた。グラスのビールは、まだ縁の高さに泡を乗せている。

「これを注いだらすることがなくなっちゃって、飲もうかどうか迷っていたところだったの――」

「飲もう」

言って、おれは、グラスをもうひとつ頼んだ。

「車で直接こっちへ来たんでしょう?」

「かまわないさ。今夜は特別だ。あとで代送屋を頼めばいい」

電話一本で、酔っぱらった人間に代って、車を運転してくれる商売が、最近は流行《はや》っているのである。

酒が入った状態で運転することは、別にこちらはなんともないのだが、見つかれば警察がうるさい。

運ばれてきたグラスにビールを注いで、おれと英子はささやかにグラスを合わせた。いっきにビールを空にしてから、おれは大きく息を吐いた。

目は、自然に、ボブの方に行ってしまう。

そこのカウンターに座っている外人が、まさかWWA前々チャンピオンのボブとは、店の中の誰も気づいてはいないらしい。

しかし、最近は、外人レスラーのグルーピーや、追っかけもあるらしいから、店の外でそんなファンが待ち伏せているかもしれない。

「あの外人を、知ってるの？」

英子が言った。

「電話で、少し話したろう？　彼が、乱入したあのボブ・ワトスンさ」

「あら――」

英子が眼をきらめかせた。

「でも、こうして見ると、プロレスラーには見えないわね。少し身体《からだ》の大きい、普通のアメリカ人ってとこね――」

英子が興味を示しているのが、おれには有難《ありがた》かった。

「どう？」

おれは、おそるおそる英子に声をかけた。

「なに？」

「彼がうんと言ったら、この席に呼んでもいいかな」

「彼を？」

英子はつぶやいてボブを見た。

ボブを値踏みするように見ていた英子の眼の表情がゆるんだ。

「いいんじゃない？　プロレスには興味ないけれど、レスラーとは、ちょっと話をしてみたいわね」

短く刈りあげた金髪。

少し野暮ったいほどきちんとブレザーを着込んだボブは、どこにでもいそうな普通の青年に見えた。

大学在学中に、アマレスの全米チャンピオンになり、プロレス界にスカウトされて、卒業と同時にプロレス界入りした。

年齢は、今年で三十歳のはずだった。

今日の乱入について、おもしろい話が聞けるかもしれなかった。

本来そうあるべきなのだろうが、ボブの乱入はまったくのハプニングであることが、リングサイドにいたおれの手応えとして感じられた。

そのあたりの話を、本人の口からいくらか聴き出し、この店でのワンショットをそれに添えられれば、駄目になったフィルムのおとしまえとしては、まずまずのものになる。

それに、個人的にもボブには興味があった。

試合ぶりが、武骨で、無器用なのだ。レスラーとして無器用なのではない。ショーマンとして無器用なのである。

ほどほどに、相手の良さを引き出しておいて、大技で相手をぶっ倒して派手なガッツポーズをとるという、プロレスラーとしては基本的な部分がうまくない。

勝つ時には、きっちりと、本当に勝ってしまうのである。

たまに、ロープにふられて返ってくる時などは、もの慣れない足取りでどたどたとリングの中央にまでもどってくる。あげくに、そんな真似《まね》をした自分に怒ったように、自分の攻撃《オフェンス》の番がくると、徹底的に相手をのしてしまうのである。

攻撃《オフェンス》と防御《ディフェンス》を交互にやりながら、相手の見せ場も、自分の見せ場も造り、なお最後には自分が勝つという、そういうまわりくどいやり方が下手なのだ。

勝ってしまって、困ったようなぶすっとした顔で、レフェリーに右手を上げてもらっているボブの顔が、実は、このおれはかなりのところ、好きだったのである。

立ちあがって、ボブに声をかけた。

「ミスター・ワトスン？」

ボブが振り向いた。

かなりブロウクンな英語だが、なんとか、女の話とプロレスの話ならできるのだ。

ボブの青い眼がおれを見つめた。

その眼に、ふいに何かを納得したような光が宿った。

「カメラマンだな――」

ボブは言った。

どうやら、リングサイドにいた、二十人近い人間の中から、おれの顔を覚えていてくれたらしい。

「日本のマスコミは、鼻がいいとは、わかっていたが、よくここがわかったな」

かなり訛《なま》りのある英語で言った。

何か勘違いをしているらしいが、それならそれでよかった。

「会ったのは偶然でね。こっちもプライベートタイムなんだ。あんたのファンでね、よかったらあっちの席で一杯奢《おご》らせてもらえるかい」

ボブは、ちらっと、英子のテーブルに視線を走らせた。

「デートの最中なんだろう?」

「あんたを呼んで来いと言ったのは彼女さ」

そのひと言で、ボブの決心がついたらしい。

「話し相手が欲しかったところだったんだ」

ボブが立ちあがった。

立ちあがるとさすがにでかい。

凄い肉の迫力だった。

「ボブと呼んでくれ」

そばかすのある顔に、大きな笑みを浮かべた。

4

「きみがプロレスのマスコミの人間なら、おれがタイトルをとられた時のいきさつは知っているだろう?」

二杯目のバーボンを口に運びながら、ボブが言った。

「知ってるよ」

おれはうなずいた。

「おれはね、おれのレスリングしかできないんだ。五分で勝てる相手と、二十分闘って勝つなんて芸当が、うまくやれないんだよ——」

ボブは、二杯目のバーボンをいっきに飲み干した。

「そんなところが受けたのかどうか知らないんだが、一時期、変に人気の出た時期があってね、プロモーターのビンスがおれに機会《チャンス》をくれて、三度目の挑戦で、ＷＷＡのチャンプになれたのさ——」

「五年前か——」

「ああ。まあ、二年だったな、おれに人気があったのは……」

ぼそりと言った。

「おれに人気がなくなってきたのを見ると、ＷＷＡの内部に、チャンピオンを交代させようという動きが出てきてね——」

「交代？」

と、英子が言った。英子の語学力はおれよりもある。

チャンピオンの交代などと、そんなことができるのかと言いたげな口ぶりだった。

その英子の視線をボブは理解した。

「プロモーターは、それができるんだよ。次にチャンピオンにしたい人間を、何度も何度もしつこいくらいにおれに挑戦させるのさ。おれも人間だからね。時には、体調の悪い時もある。それに、向こうは、こちらの体調を崩させようと、無理にハードなスケジュールを要求してくる。まあ、チャンピオンだからね、飛行機で全米を飛び回って、一日に二試合もやらされたりする。で、体調の悪くなった所で、いきのいいチャンピオン候補をぶつけてくる。おれも、そうやって、チャンピオンになったわけだから、かまわないがね。レフェリーとぐるになったって、こっちが相手を締めて、ギブアップを言わせてしまえばそれで、こっちの勝ちだから――」

少し黙って、ボブは、空になったグラスを見つめた。

おれは、グラスにバーボンを注いでやった。

「ビンスが生きていた昨年の夏まではよかったんだ。癌《がん》で彼が死んでから、息子がプロモートをやり始めたんだが――」

おれも、ボブと、ビンスの息子との仲がうまくいってないのは、プロレス雑誌などで眼にしていた。

ビンスの息子は、自分で見つけてきた、ジャンキー・エリスンを、チャンピオンにしたがっていたのである。

「それで昨年の十二月さ――」

「十二月？」

英子が訊《き》いた。

おれは、例の、ヤコブとのタイトルマッチの一件を、かなり詳しく話してやった。ボブにもわかるように、かなりの部分に英語を交えての説明である。

「よく知っているな」

ボブが感心して言った。

何か思うところがあるらしく、ボブはしばらく、グラスを見つめ、そしてしゃべり出した。

「あんたのボスに、あんたはいいみやげを持って行くことができるよ」

ボブが言った。

ボスというのは、デスク、編集長という意味だ。

「みやげ？」

「ビッグニュースさ。ボブが、来月からは、カルガリーでやると伝えてくれ」

「行くのか、カナダのフランクの所に」

「ああ」

ボブは答えた。

「おれの事情を知ってね、声をかけてくれたんだ。フランクが、おれをこの世界に入れてくれたんだからな。おれにとってはフランクは恩人だ――」

フランクは、カルガリーマット界の大物プロモーターである。

ニューヨークほどの規模はないが、それでもかなりの観客動員数を誇っている。

「ようするに引き抜きだろう。ビンスの息子は知ってるのか」

「Jr《ジュニア》はまだ知らないよ。薄々は気づいてるだろうが、おれがニューヨークを捨てるわけはないと思ってるんだ。しかし、もう、エリスンあたりが今日のことをニューヨークへ電話してるだろうから、そうなら、おれの気持がはっきりわかったろうさ」

「鳴海にベルトを取られたからな」

「ニューヨークじゃ驚いてるよ。ハプニングだからな。そのうちに、適当な理由をつけるか、ほどのよい試合をやって、最後にはエリスンの所にベルトがもどるんだろうが、これを機会《チャンス》に、鳴海がごねるとおもしろいことになる。あの男も、野心があるだろうからな。ころがり込んだにしろ、せっかく手に入れたベルトさ、とんでもなく高いものを、ビンスの息子にふっかけるかもしれない」

「そうだな」

「しかし、まあ、勝手にやってくれってところさ。おれにはもう関係のない話だ」

いくらか投げやりに、ボブが言った。

「しかし、どうして、あんなマネをしたんだ。まさか、ベルトを奪われたという、それだけの恨みじゃないんだろう？」

「ああ」

答えて、ボブは苦いものを飲み込むようにバーボンをあおった。

「ジュニアは、このおれにね、悪役《ヒール》をやれと言ってきたんだよ」

「悪役《ヒール》を!?」

「そうさ。顔にだんだらのペイントをして、髪を青く染めて、リングに登れとさ――」

ぴしっ、と、ボブの手の中でグラスが音をたてた。

グラスにひびが入っていた。

ボブがグラスをテーブルに置くと、かしゃん、と音をたてて、グラスがみっつに割れて転がった。

ボブの右手の親指から、細く血が流れていた。

それを舌の先で舐《な》めて、ボブは、淋《さび》しそうに笑った。

「おれは、ただ、レスリングをしたいだけなんだ。レスリングが好きなんだよ――」

大きな身体の男が、小さくつぶやいた。

5

ジムニー一〇〇〇の運転席に座って、おれはエンジンを回した。

低い、小気味の良い唸《うな》り声をあげて、軽い震動が尻から伝わってくる。

「あんな人がこわいプロレスをやってるなんて、信じられないわ」

英子が言った。

「おれもさ」

言って、おれは車を発進させた。

ボブを相手に話したことによって、フィルムを駄目にしたくやしい気分は、かなりのところおさまっていた。

店の中で、ボブと英子が仲よく並んでいる写真を撮り、店の前でおれたちはわかれたばかりだった。

『エスペランサ』の裏手にある駐車場から、おれはジムニーで細い路地へと出た。

おれが飲んだのは、最初のビールを一杯と、バーボンを小さなグラスに半分だけである。

その酒も、ボブと話しているうちに、あらかた抜けていた。

しかし、気分はよかった。

ボブがいい男で、センチメンタルで、そして紳士だったからだ。

すぐ先にある大通りへ向けてアクセルを踏みかけた時、ヘッドライトの灯《あか》りの中に、巨大な影がぬうっと現われた。

おれは、あわててブレーキを踏んだ。

分厚い肉の壁が眼の前に出現したのかと思った。

「ジャンキー・エリスン!?」

おれは小さく声に出していた。

ヘッドライトに照らされて、眩《まぶ》しそうに眼をしかめていたのは、あのジャンキーであった。

「ジャンキー?」

英子が言う。

「元、ＷＷＡのチャンピオンさ。今日、ベルトを取られたばかりのね――」

ずかずかと、エリスンが歩いてきた。

山が動いているような気がした。

運転席の横まで歩いてくると、ジャンキーは、ガラス越しに車内を見回した。

誰かを捜しているらしい。

かなり顔が赤い。

街灯の明りで見えるだけだったが、だいぶ酒が入っているらしい。

ジーンズをはき、派手な赤いＴシャツを着ていた。

Ｔシャツに包まれた肉体は、特大のボンレスハムを、つなぎ合わせたようであった。

Ｔシャツの布地が、ぱんぱんに張っている。

岩のような拳で、運転席の窓ガラスを軽く叩いた。

何か話があるらしかった。

――ボブを捜してるのか⁉

直感的におれはそう思った。

窓ガラスを半分だけ下ろした。

凄く酒臭い息が、むうっとおれの顔を叩いた。
「ボブを捜してるんだが……」
と、エリスンが言った。
むろん、英語である。
おれは、困ったような顔をして、小さく首を振ってみせた。
英語がわからないというジェスチャーである。
エリスンの太い唇が、にいっ、と吊りあがって、黄色い歯が覗いた。
「カメラを、ふっ飛ばしてやったのを、忘れたのかい」
犬か猫にでも言い聞かせるように言った。
——糞。
おれは思った。
このでかぶつの狡《こす》っ辛《から》さを見たような気がした。
あの時、誰のカメラをふっ飛ばしたのか、ちゃんと覚えてやがったのだ。
おれは、急にこのでかいのが許せなくなった。
「ちゃんと英語で、ボブと話してたそうじゃないか」
笑った。

「――」

「ボブはどこへ行った？」

おれは答えなかった。

かわりにエリスンに聴いた。

「どうして、ボブがここにいるのがわかったんだ？」

「日本のファンはありがたいものだな」

エリスンはでかい舌で、自分の唇を舐めた。

まるで、夜行性の肉食獣に、襲われかけているような気分になってきた。

「あるファンがね、あの店でボブを見かけたと、ホテルのおれの部屋まで電話をくれたんだよ。カメラを持ったやつと話をしてる最中だってな。ボブの野郎め、勝手に新東洋プロレスがとっておいたホテルを引き払って、あのままホールから逃げ出したまんまなのさ。場所がわかってほっとしたよ。ボブとは話をつけなきゃならないことがあるんでね。ファンには感謝をしなくちゃな――」

「中には、リング外の事件ばかりをおもしろがっているファンもいるがね。そんなファンばかりじゃない」

「ボブはどこだ？」

「知らないな。あの店では偶然会ったんだ。さっき別れたんだが、どこへ行くのかまでは聴いちゃいない」

ほんとのことであった。

「信用すると思うかい。あんたらマスコミが、おもしろがって、糞真面目《まじめ》しかとりえのないボブを、そそのかしたんじゃないのかい。日本のマスコミはハイエナより始末が悪いからな——」

車内中が、エリスンの吐く息で、酒臭くなっている。

英子が、おれの左腕を握っている。

その手が小さく震えていた。

その震えが、なかなかに色っぽい。その震えをしばらく楽しみたい気分もあったが、そうもいかない。

「どこのホテルにボブを押し込んでるんだ?」

「知っていても、あんたに教えるつもりはないね」

おれは、ギヤを入れて、車を発進させた。

エリスンが離れた。

ほっとした気分だった。さらにしつこくつきまとわれたらどうしようかと思っていたのだ。

正直言って、脇《わき》の下にはかなりの冷や汗をかいていたのである。

アクセルを強く踏もうとしたその時、ふいに車のスピードがなくなり、止まった。

アクセルを踏んでも、エンジンの回転はあがるのだが車が前に進まないのだ。

その理由がわかった。

バックミラーに、にやつきながら、眼をギラギラさせているエリスンの顔が映っていた。

ゆらりとジムニーが揺れた。

「きゃっ」

英子が小さく声をあげて、おれにしがみついてきた。

エリスンが、後部のバンパーに両掌をかけて後ろのタイヤを路面から浮かせているのである。

焦げ臭い、ゴムの焼ける臭《にお》いがおれの鼻をついた。

空回りするタイヤが、激しく路面をこすっているのである。

凄まじい馬鹿力であった。

感動すらおれは味わっていた。

こんな体験など、一生の間に、そうはできるものではない。

まさしくプロレスラーは、人間の規格を越えている。それを身をもって、おれは今、味わっているのだ。

しかし、こういう体験ができて幸福に思っているわけではむろん、ない。

何しろ、重さにして二トン近い車の、後部タイヤを路面から浮かせるなんぞ、正気の沙汰ではない。

「どうなってるのよ」

英子が言った。

きんたまが縮みあがっていたが、少しはまともな台詞《せりふ》ぐらいは、おれだって吐ける。

「心配するな」

まとも過ぎる言葉を吐いた。

声が微《かす》かに震えていたことをのぞけば、まずまずのできだった。

しかし、英子が安心したようには見えなかった。

がしゃんとガラスの割れる音がした。

エリスンが、頭突きで、後部のリアウィンドウのガラスを割ったのだ。

バックミラーに、唇を吊りあげたエリスンの顔が見えた。

「糞！」

おれは、クラッチをおもいきり踏み込んで、レバーを4Lに入れた。

ギヤをバックにする。

小粒ながら、これでもジムニーは四輪駆動車なのだ。

車が、大きく左右にローリングしていた。

ここまでされて、黙っていては、元、プロのキックボクサーのプライドが許さない。

少し手荒だったが、おしおきをしてやらなくてはいけなかった。

クラッチを軽く放してゆくと、いきなり前輪が路面を噛《か》んだ。

一瞬、ジムニーが後方に退《さ》がる。

がつん

という衝撃があった。

その衝撃がくる前に、おれはブレーキを踏んでいた。

エリスンの顔が、バックミラーから消えていた。

いたずらをしすぎて、暴れ馬に蹴《け》られたのだ。

エリスンは、後方に仰向《あおむ》けにひっくり返っているに違いない。

人間離れした人種の中でもさらに、凄い体力の持ち主だから、すぐにも起きあがってくるだろう。

おれはギヤを素速く入れ代えて、車を発進させる。

バックミラーに、エリスンが起きあがるのが映った。立ちあがり、凄い形相で走り出した。

「ちっ」

おれは、ブレーキを踏んでいた。

大通りへ出てしまいたいのだが、手前の歩道から、歩行者が出てきて、その邪魔をしたのである。

ジムニーの屋根に、爆発音に似たどかんという音が跳ねあがった。

ジムニーの屋根が、大きく内側に凹《へこ》んでいた。

続いて、嵐《あらし》のような乱打が屋根を叩いた。

「やめてっ!!」

英子が叫んだ。

途端にふいに天井を叩いていた音がやんだ。

歩行者の列は途切れなかった。

何ごとがおこったかと、立ち止まってこちらに眼をやる人間もいた。

歩行者を押しのけてもと思った時、助手席の窓のガラスが、音をたてて割れていた。

車内に、ガラスの破片が飛び散った。

エリスンの肘《ひじ》が、ガラスを砕いたのだ。

でかい手が車内に入り込んで、ドアのロックのつまみを、太い指がつまんだ。

エリスンがドアを引きあけて、中を覗き込んできた。

鼻から血を流していた。

酒を飲んでいるせいか、すごい血の量だった。

運転席のドアを開いて、おれは英子の手を握って、外へ出ようとした。その英子の手に力を込めようとした指先から、するりと英子の手が逃げた。鋭い悲鳴があがった。

エリスンが、英子の服をつかんで、強引に外へ引っぱり出したのだ。

おれは外へ飛び出していた。

見物人が車の周囲に集まっていた。

エリスンの左腕の中に、英子は抱え込まれていた。英子の足が、宙に浮いている。

靴の踵《かかと》がエリスンの脛《すね》を蹴っているのに、エリスンは何も感じてはいないらしい。

エリスンは、バナナのような右手の指先を、英子の服の胸元に差し込んで、いっきに下に引き下ろした。

英子の乳房や、白い腹や、可愛《かわい》い臍《へそ》までが夜気の中にむき出しになった。おれの脳天に血が登っていた。

「放せ！　でかいの!?」

おれは叫んでいた。

「その、カメラで、この女のヌードでも撮るがいいや」

エリスンが言った。

職業病というのは恐ろしい。この場に及んでも、おれはまだ右手にカメラを握っていたのである。

エリスンの右手が、英子の乳房をこねだした。ひどくエロティックに、乳房の形が歪む。苦痛に悶《もだ》える英子の顔の表情が、エリスンの手の動きによって、その官能をあおりたてられているようにも見える。

おれの大事なものを、おもいきり汚されたような気がした。まだおれだって触れてない乳房が、五本のペニスに似た指の間で、形を変える。

英子の白いパンティが、ひどく痛々しかった。

糞！

腰のあたりから、棒のような怒りが脳天に突き抜けた。

ぬうううう。

おれは、歯をむいて、前に足を踏み出していた。

犬っころでも、最高に怒った時には、灰色熊《ぐま》に牙《きば》をむくのである。

「けやっ!!」

おれは、ありったけの力を込めて、エリスンの左の脇腹に、右の靴の爪先《つまさき》をぶち込んだ。

ごつんという手応えがあった。

これまでのおれの生涯では最高の蹴りであった。

エリスンはびくともしなかった。

まるで岩を蹴ったような気分だった。

エリスンの眼の中に、ぞろりとした表情が跳ねあがった。

英子の身体を投げ捨てて、おれに向かってにっと笑った。

おれに蹴られた場所を右掌でさすった。

「まったくのど素人じゃねえんだな」

咆吼《ほうこう》した。

死んでやる!

おれはそう思った。この化物と闘って、くびり殺される前に、肉の一〇〇グラムくらいは嚙みちぎってやるつもりだった。

「おい、ジャンキー、おまえが捜してるのはおれじゃないのかい」

その時、見物人の中から声があがった。

のっそりと、大きな人影が出てきた。

ボブだった。

眼の前のジャンキー・エリスンに比べれば、まだ身体は小さかったが、その巨体が、おれにはたまらなく頼もしく見えた。

「ボブ」

エリスンが言った。

ボブが、おれを押しのけて前に出る。

「カルガリーへ行っちまうんで、もうあんたとはやれないんでな。今、ここでやっておこうぜ――」

落ち着きはらってボブが言った。

エリスンが、うなずきもせずに、ボブに襲いかかった。

その時、ボブがどう動いたのか、おれには後になっても思い出せなかった。

エリスンの手をひょいと跳ねのけてその腕の下をくぐり、ボブはエリスンの背後に回っていた——と、そのようにおれには見えた。

背後に回った時には、ボブの両腕がエリスンの腰にからんでいた。ふわりとエリスンの巨体が浮きあがった。

アスファルトに、人の肉と骨がぶつかるいやな音がした。みごとなバックドロップであった。

後頭部をアスファルトにぶつけて悶絶《もんぜつ》したエリスンの身体の下から、ボブが這《は》い出てきた。

「こんなに早く勝負をつけたんじゃ、やっぱり、カルガリーへ行っても駄目かな」

ボブが、はにかんだように笑った。

——だいじょうぶさ。

と、おれはそう言おうとしたのだが、あまりの凄《すご》さに感動して声が出せなかった。

英子に声をかけてやることさえ忘れていたのである。

あとでわかったのだが、エリスンのあばら骨が一本、みごとにひび割れていたそうである。

おれの蹴りが決まったためだが、それでもまったく表情を変えなかったエリスンは、本物の化物である。

何があろうと、レスラーとだけは、二度とケンカをやるつもりはない。

ぼうっとしているおれの頰《ほお》が、音をたてていた。

眼の前に、あられもない姿の英子が立っていた。英子がおれの頰をおもいきり叩いたのである。

「何よ、早くわたしにそのジャンパーをかしてくれたっていいじゃない――」

英子の眼に涙が滲《にじ》んでいた。

泣きながらおれを叩いたのである。

しがみついてきた英子にジャンパーをかけてやりながら、おれは思った。

もうひとり、気の強い女とも、絶対にケンカだけはするものじゃない。

しかし、泣いている英子は、本当に可愛かった。

咬ませ犬

1

人は、一生のうちに、何度かはとんでもない目に遭うようになっているらしい。

その何度かのうちのひとつが、どうやら、今、おれの身にふりかかっているらしいのだ。

たとえば、全身に打撲傷をつくり、顔に青痣《あおあざ》を浮かせ、指の爪《つめ》の何枚かをペンチでひきはがされた状態で、全裸で仰向《あおむ》けにベッドに縛られている構図などというのはどうだろうか。

しかも、その上から、全裸の、それもとびきり美人の女がのしかかっているという絵であれば、それを一生のうちの何度かのひとつに数えても、どこからも文句はでないだろう。

まさに、おれは、今、そのような状況のまっただ中にいるのである。

場所は、かなり良い方に属すると思われるマンションの寝室である。

家具もベッドも高級品だ。

絨緞《じゅうたん》はペルシア風の分厚いやつで、ベッドも、くやしいほどがっちりとしている。

このベッドの頑丈さを、おれはいやというほど知っている。

太い紫檀《したん》材が使用されていて、でかいハンマーで一度や二度ぶっ叩《たた》いたくらいでは、びくともしそうにない。

新婚の夫婦が、アパートや団地の四畳半に押し込んでいるベッドとは、わけが違う。

ベッドの横の床から、背の高いナイトスタンドが立っていて、灯《あか》りが点《つ》いている。

天井からは、落ちてきたら潰《つぶ》されてしまいそうなシャンデリアがぶら下がっているが、点いているのは、ナイトスタンドの灯りだけである。

その灯りの明るさについては、いくらか不満があるのだが、それを言ってもどうにもならないことぐらいはわかっている。

両手首と、両足首にロープが巻かれ、そこから伸びたロープが、きちんとベッドの四隅に縛り止められている。手首から伸びたロープは、おれの頭の側の両端にある、彫りの入ったベッドの柱に縛りつけられ、足首から伸びたロープは、ベッドの脚に縛りつけられている。

身体《からだ》中が痛い。

全身の肉の中に、無数の焼けた鉄球を埋め込まれているようだった。

こんな状態では、睡眠も充分にとれない。ましてや、ようやく眠りかけた所で、全裸の女にのしかかられては、ますます眠っているどころではない。

女の柔らかな指が、おれの股間《こかん》の棒を握っている。その手が、上下に小さく動いている。

女は、おれの右側から、上半身をおれの上に斜めにかぶせ、右手でおれのあそこを握っているのだ。

折った左肘《ひじ》をベッドに突いて、顔を浮かせておれの顔を覗《のぞ》き込んでいる。

「どう？」

と、女が言った。

こってりとしたルージュを塗った唇が、ぬめりと動く。

どう、と言われても、何のことかおれにはわからない。何しろ、この部屋に入ってきて、女が最初に発した一語が、そのどうだったからだ。

おれ好みの女——ようするに美人であるというそれだけの意味なのだが、女にどう？　と訊《き》かれて何か答えてやりたいのだが、これでは答えようがない。

おれが黙っていると、女は、唇を小さく横にひいて微笑した。真っ白な歯が覗いた。

これで、縛られてもいず、身体も痛くなければ、たちまちあそこが、女の指が今造っている輪を、倍近くにしているところだ。

「わたしと、してみる気はない？」

女の指が、違う動きをする。

「する？」

女の言う意味はむろんわかってはいたが、おれは、わざとそう答えた。

「そう」

女が、自分の右脚をおれの右脚の上にからませて、おれの太股《ふともも》に、股間を擦りつけてきた。

いい感触の脚だったが、おれの右脚にもいくつかの打撲傷がある。

おれは、顔をしかめて、その痛みを訴えた。

「やるのはいいんだが、身体が痛くないどんな体位があるか、思い出せないんだ——」

おれは言った。

どう考えても、今のおれが、女に惚《ほ》れられる御面相をしているとは思えない。頬《ほお》や、眼《め》の周囲に青痣ができ、顔がかなり腫《は》れあがっているはずだった。

口の中はずたずたに切れていて、生命《いのち》があってここを出られたとしても、うまい味《み》噌汁《そしる》を、しばらくは飲むことはできまい。

さんざ、ぶん殴られたのである。

女の長い髪が、さらさらとおれの胸に触れていた。でかいおっぱいが、おれの胸と女の胸の間で潰れている。

「さっさと白状すれば、こんなに痛い思いをしないで済んだのに――」

「白状するって、何を白状すればいいのかわからないのさ」

「フィルムがどこにあるのか、それだけを言えばいいのよ」

「フィルムなら、どこのカメラ屋でも、最近じゃ、クリーニング屋でも売っているぜ――」

「ほら、そんな口のきき方をするから、痛い目に遭うのよ」

女が、ぎゅっと指に力を込めた。

「あたしは、あなたにいい思いをさせてあげるために来たのよ。教えてくれたら、あたしを好きなだけ自由にしていいのよ――」

女が、身体を起こして、おれの胴を膝《ひざ》でまたいだ。

尻《しり》を浮かせた姿勢で、そのままおれの方ににじり寄ってきた。

深い女の胸の谷間に、エロティックな陰影が浮き出ていた。

せり出したおっぱいの中心に、乳首が、上を向いて尖《とが》っている。思わず指でつまんでみたくなるような乳首だった。

灯りが暗いのが、おれにはやや不満だった。

おれに見える所まで腰を突き出して、軽く尻を回した。

肉色の閉じた花びらが、尻の動きに合わせてよじれるのが見えた。

「明日になれば、また今日以上に派手にやられるわよ。夜には、きちんとあたしがまた来てあげるけど、その時にはもう口がきけなくなっているかもしれないわ」

「おれの口がかい」

実のところ、おれは口を開くのさえ苦痛なのだが、

「そうよ。昼と夜、堅いのと柔らかいのと、かわりばんこに、あなたの口を開かせにくるわ」

女は、指先で、おれの胸を突いた。

おれは呻《うめ》き声を噛《か》み殺した。

本当なら、声をあげて、痛いよう、と泣き出したいところだ。しかし、三十歳を越

え、中年の坂道に向かって助走を始めているおれとしては、そう簡単に泣きを入れるわけにはいかない。

今でさえ、必死で、爪をはがされた痛みをこらえているのである。

左手の人差し指から薬指まで、みごとに爪をはがされている。これはたまらなく痛い。そのあとに塩をもみ込まれた時の痛みは、感動的なほどであった。

明日は、塩と唐辛子をまぶした竹ベラで、残りの指の爪をほじくるのだそうだ。

今は、指先を、蠟燭《ろうそく》の炎であぶられているようであった。

女は、膝でいざりながら後方に退《さ》がり、開いたおれの脚をまたいで、その脚の間に膝をついてかがみ込んだ。

おれのあそこを、凝《じ》っと眺めているらしい。

両手で握られた。

「明日はこれを、二本にスライスされるかもしれないわよ」

おそろしいことを言った。

女の唇が、おれのそこにかぶさってきた。温かいものに、おれの柔らかな棒が包まれていた。

女の舌の動かし方は、巧みだった。

指先が、おれの肛門《こうもん》のあたりをちらちらとくすぐる。

次には、舌が今指でいじった場所まで降りてゆき、ちろちろとそこをいらう。

その唇と舌が、またおれの棒にかぶさってくる。

たまったものではない。

女が、おれを唇に含んだまま、小さく含み笑いをした。

その声が小さくくぐもっている。

首を持ちあげて、女を眺めていたおれの眼に、上眼使いに、自分の髪の毛の間からおれを見つめている女の瞳《ひとみ》が見えた。その眼が笑っている。

女の唇がゆっくり持ちあがってゆく。

唇が上に持ちあがってゆくにつれて、おれの聞きわけのない息子の姿が、徐々に見えてきた。女の唾液《だえき》で濡《ぬ》れている。

みごとに立ちあがっていた。

おれの先端を口に含む位置で女の唇が止まった。女が、小さく顔を回して、とっておきの舌の動きを送り込んできた。

恥かしいほどにこわばってしまった。主人の意志に反してのことで、わざわざそれを隠してくれるほど、女に思いやりがあるとは思えなかった。

女が、おれを右手で握ったまま、ゆっくりとおれにまたがりなおした。両足の裏をベッドに突いて、おれに重さがかからないようにしているのが、ありがたかった。尻を浮かし、おれの先端を自分の股間に当てた。握ったものを動かして、肉の先端で、自分の肉の花びらの中を掻《か》き混ぜた。

そこは、もう濡れていた。

色っぽく眼を閉じて、ああ、と小さく女が声をあげた。

ゆっくりと腰を沈めてきた。

覚悟を決める前に、この女がややこしい病気の持ち主でないことを、おれはひそかに祈った。

――どうしてこんなことになっちまったのか。

電話がかかってきた一週間前の日のことが、ちらっとおれの頭をかすめた。

2

おれの名前は、滝村薫平《たきむらくんぺい》。

六本木に、小さなスタジオと事務所を持つカメラマンである。

尻が軽くて口の重い、おれ好みの若い女優のヌード写真を、海外でふたりっきりで撮影してみたいと思っているのだが、そういう仕事は一度も舞い込んできたことはない。

それでも、たまに、事務所に女優がらみの撮影の話が入ってくるのだが、そういった仕事は、皆、アシスタントで使っている木野原英子のところに行ってしまう。

何しろ、彼女を名指しで仕事が来るのである。

彼女の方がボスのおれよりも安心だし、腕もいいと平気で口にする雑誌編集者もいる。くやしいことに、おれよりも、彼女の方が稼ぎがいいのだ。

美人である。

プロポーションも面《マスク》も、使っているモデルよりもいい。

他所《よそ》から、彼女をモデルにという話も舞い込んだりするのだが、彼女には自分自身が写真に撮られる立場になるつもりはまるでない。

自分で独立してフリーになってもやっていけるだけの腕もあり、関係者の評判もいい。

それなのに、何故《なぜ》そうしないかというと、その理由をおれは知っているのである。

二十六歳の彼女は、このおれ——中年に片足突っ込みかけてじたばたしているこのおじさんに惚れているのだ。

　ホラでもうぬぼれでもない。

　おそらくは、かなりの確率でそうであるはずだとおれは思っている。

　最近は、腹の出具合いなどがやや気になってはいるが、このおじさんは、体力的にはまだ二十代の若さを保っているはずなのだ。

　このおれのことを、体力派カメラマンなどと呼ぶ連中がいるくらいだが、これは本当のことなのだ。

　おれに直接来る仕事というのは、写真の技術よりも、体力をあてにしてのものが多い。普通のカメラマンでは、撮れないような仕事ばかりが、おれの所に舞い込んでくるのである。

　イリオモテヤマネコの交尾を撮れだとか、炎上するデパートの内部の写真を撮って来いだとか、とんでもない仕事ばかりが来やがるのである。あるホテルの部屋から、ロープでぶら下がって、麻薬事件で失踪《しっそう》中のタレントの写真を撮ったこともある。

　その時は、足に大ケガをした。その傷はまだちゃんと残っている。

　仕事のため、プロレスラーの大男に、おれの愛車ジムニー一〇〇〇の屋根をでこぼこにされたこともある。

だから、体力派などという枕言葉《まくら》がおれの上にくっついてしまうのだ。

なにしろこのおれは、学生時代に、たった一度だが、キックボクシングのリングに登ったことがあるのだ。タイから来たロートルランキング四位の男とやったのだが、ようするにあて馬役である。

タイのキックボクサーが、日本のチャンピオンとやる前に、まず日本の弱いキックボクサーをぶちのめすという、そういう図式を造るための役どころだったのだ。

むろん、その弱いはずの日本のキックボクサーが、彼を本当にのしてしまってもいいわけで、おれはおだてられた挙げ句にすっかり本気になって試合に臨んでしまった。中学の頃《ころ》に空手の真似事《まねごと》をしており、大学に入ってからはアマチュアボクシングをやっていたのである。

それだから、たまたまスナックで知り合ったキックボクシングジムのトレーナーに、誘われたのだが、ジムの練習ではおもしろいようにおれのパンチが当るものだから、ついその気になってしまったというわけなのだ。

一ラウンド二分三七秒――。

それが、おれがノックアウトされたタイムである。

みごとな、銭のとれる負けっぷりであったとおれは思っている。

とりあえずのところ、現在のおれは独身である。

よんどころない事情で別れた妻と娘がいることはいるのだが、それはまあ、ここでは別の話だ。

中年の渋さと、二十代の体力、ほどよい悲哀を背負った肩のあたりというようなものが、つまりは木野原英子の母性本能を刺激しているらしい。

——その日。

机の上に足を乗せて週刊誌を読んでいたおれの足の先で、ふいに電話が鳴った。

「おい——」

雑誌に眼をやったまま、おれは英子を呼んだ。無精を決め込んで、英子に受話器を取らせるためである。

ベルが五度鳴った所で、英子が受話器を手に取った。

おれは、おれの横に立った英子の形のいい尻に、すっと右手を伸ばしたが、その手をかなり力のこもった英子の手が、いい音をたてて叩いた。

「はい。タキムラスタジオでございますが——」

こわい眼でおれを睨《にら》みながら、英子がよそ行きの声で言う。

電話を受けていた英子が、受話器を手で押さえ、

「凄《すご》い美人からよ——」

おれに向かって受話器を差し出した。

「ばか」

受話器を受け取り、送話口を手で押さえておれは言った。

「電話で女の顔がわかるか——」

女だと言われて電話に出ると、相手が『激写春秋』の松浦だったなんてことがよくあるのである。

英子の言うことをそのまま信じてはいられないのである。

ところが、その日のうちに、おれは、英子の言葉が本当だということを、おもい知らされることになった。

その女の指定したマンションに出かけて行ったおれは、とびきり妖《あや》しげなその女に会うことになるのだが、その時のおれはむろんまだそんなことは知らない。

隙を見せた英子の胸をぽんと叩いて、おれは受話器を耳にあてた。

「はい、滝村ですが——」

おれが言うと、おれの耳に、ややハスキーな、耳がくすぐったくなるような色っぽい女の声が響いてきた。

3

——加山芙美江。

それが、電話をかけてきた女の名前だった。

女、つまり、加山芙美江は、色っぽい声で自分の名をおれに告げると、数瞬、沈黙した。

初対面の人間に自分の名を言った後、どう用件を切り出すか、その決心をするための、短い沈黙である。

おれの耳に、ハスキーな彼女の声のくすぐったさがまだ残っている間に、その声が再び響いてきた。

「『激写春秋』の松浦さんから、貴方《あなた》のことを聴きました——」

「松浦から？」

「はい」

「松浦とお知り合いなんですか」

「いいえ。たまたま、一度だけ顔を合わせたことがあるだけです」

「松浦が、うちを紹介したんじゃないんですか――」

「紹介というほどのことではなくて、松浦さんが、貴方のことを話しているのを、あるパーティの会場で耳にしたんです」

「――」

「青風社出版のパーティです」

女は、松浦のいる出版社の名前を言った。

松浦というのは、おれの大学時代の友人で、その出版社から出している『激写春秋』というおどろしげな写真雑誌の編集長をやっている男である。

「私、そのパーティでコンパニオンをしていたんです――」

「松浦の話じゃ、想像がつきますよ」

おれは言った。

どうせ、ろくな話ではないに決まっている。

なにしろ、体力派などというあまりありがたくないキャッチフレーズがおれにつくようになったのも、松浦の言動が元になっているのである。

「いつだったか、『激写春秋』にのった本郷《ほんごう》実《みのる》の写真、貴方がお撮りになったんでしょう?」

さっきの、麻薬事件のタレントが、本郷実である。

おれは、ロープでホテルの壁を這《は》い降りて、三人でひとりの女をレイプしている本郷実の写真を撮ったのだ。当時は、かなりの話題を呼んだ写真である。

おれがうなずくと、

「貴方、なんでも撮るんですってね――」

「松浦があなたにそう言ったんですか」

「私にではなく、連れの方に、そう話してました。私、貴方に興味を持って、しばらく横で松浦さんの話を聴いてたんです。貴方の名前を覚えておいて、電話番号は電話帳で調べました」

「それで、どういうご用件なんでしょうか」

「ある写真を撮っていただきたいの」

「ある写真？」

「電話では、詳しい話は言えないのですが、貴方にとっても、それほど悪い仕事ではないと思います」

「へえ――」

「ギャラの面でも、ね――」

「でも、というと、ギャラ以外に何かいいことでもあるのですか――」

「貴方が撮る写真は、かなりの評判を呼ぶことになるはずだということです。貴方が私好みで、私が貴方好みだったら、別のいいこともあると思うわ」

冗談とも本気ともつかない言い方だった。

最後の言葉が、おれの耳に甘く響いていた。〝わ〟と、軽く耳に息を吹きかけられたような気がした。

加山芙美江は、自分の居場所をおれに告げて、二、三日中に、そこまで来てもらえるかと言った。

「来れなければ、私のほうから、貴方の都合のいい時間と場所を言ってくれれば、そこまで出むきます」

「今日の夕方はいかがですか――」

「今日の?」

「都合がいいのなら、六時頃にはうかがえると思いますよ」

「いいわ」

女が答え、では六時にということになった。

受話器を置いて、おれはそれまで机の上に乗せていた足を床に降ろした。

「髯剃《ひげそ》りがあったな」

無精髯でざらついた顎《あご》を撫《な》でながら立ちあがり、おれは、木野原英子に声をかけた。

「デートの約束でもできたの？」

形のいい胸の前で、腕を組みながら英子が言った。

「凄い美人とね」

おれは、にっ、と笑って言った。

「電話で女の顔がわかるかって言ったのは誰《だれ》だったかしら――」

英子は、腕をほどき、右手に握っていたものをひょいと投げてよこした。

それを、おれは空中で受け止めた。電気カミソリである。

英子は、おれがどうするかを、いつでもきちんとわかっているのである。よほど、この中年のおじさんに関心を持ってなければ、こうはできない。英子がこのおれに惚れているという意味もわかるだろう。

おれは電気カミソリのスイッチを入れた。

動かなかった。

ぶーん、というあの快い重みが手の中に出現しないのだ。
二、三度スイッチを入れたのだが、やはり動かない。

「来週あたり、おいしいワインで、ステーキでも食べたい気分なんだけど——」

英子が、左手で何かを弄《もてあそ》びながら、赤い唇に笑みを浮かべて、おれを見ていた。

英子が左手で弄んでいるのは、電気カミソリの電池だった。

この電気カミソリのコードは、もう何カ月も前に、おれの乱暴なあつかいのために線が切れたらしく、接触不良で使えないのだ。

「わかった。降参するよ——」

おれより稼ぎのいいアシスタントに向かって、おれは、敗北の両手を上げた。

あまり残金の多くない通帳の数字が、ちらっとおれの頭をかすめた。

もてるのも辛《つら》いのだ。

4

六時を一分ほどまわった頃、おれは、加山芙美江とネームの入ったドアの前に立っていた。

髯を剃り、歯も磨いてきた。

さすがに英子の前ではできなかったが、ここへ来る途中、デパートで新しいパンツを買い、デパートのトイレで、それまで二日間はいていたパンツとはき替えた。

独身《ひとりみ》のおじさんは、そう毎日洗濯をしないのだ。

万が一にもいいことがあった場合の、相手に対する最低のみだしなみである。

だからといって、別に、いいことを期待して、おれはここまで来たわけではない。

ハスキーな声を出す女の顔を見てみたいと思ったからだった。いや、それよりもおれは仕事が欲しかったのである。何しろ、事務所で週刊誌を読んでいるほど、おれはヒマな状態だったのだ。

ブザーを押し、インターホンで名前を告げると、電話で聴いたあの女の声が響いてきた。

「どうぞ」

小さな金属音がして、ドアのノブが回った。

そこに、加山芙美江が立っていた。

彼女を見た途端に、どきん、とおれの心臓が跳ねあがった。心臓をいきなり握られたような感じだった。

美人とそう呼べるだけのものを持ってはいたが、単にそう呼んでしまってはまるで誤解された印象だけを伝えてしまいそうである。

何と言うのだろうか。

霊気《オーラ》のように、ある雰囲気を身にまとっているのである。加山芙美江は、まるで、病みあがりのように、おれには見えた。

肢体が細っそりしていて、薄青く見えるほど、肌の色が白いのだ。皮膚の下に無数に走る毛細血管の血の色が、透けて見えているのかと思えた。

おれは、病みあがりと言ったが、むろん、本物の病気あがりとは違う。彼女の身体全体を包んでいる細い線が、そのような印象を与えているのである。線が細いくせに、胸や腰のあたりには、きちんと肉が張っている。

彼女は、黒い、胸元の大きく開いたワンピースを着ていた。

それが、彼女の肌の白さをさらに際立たせていた。

胸の谷間の一部が見えていた。

そこの肌の白さが痛いほどおれの眼の玉を叩いた。

黒く濡れた大きな眼が、やや下からおれの顔を見つめていた。唇に、おれの股間に小さく灯《ひ》を点《とも》すような微笑が浮いていた。

唇は、そこだけ血を塗ったように赤い。

その真紅が鮮やかだった。

化粧をした様子があるのは、その唇だけで、他はほとんど素面《スッピン》のままのように見えた。

おれは、部屋に通され、うながされてソファーに腰を下ろした。

肩にかけていたニコンF3をテーブルの上に置く。

向かい側に腰を下ろした彼女が、そのカメラに眼をやって、言った。

「いつも、カメラを持ってらっしゃるの？」

「商売ですからね」

おれは答えた。

付けているレンズは、ニッコールの43㎜から86㎜のズームである。F三・五の、旧タイプのレンズである。ボディは新型が出れば代えるが、せっかくそろえた交換レンズを、新しいタイプが出る度に代えてはいられないのだ。フィルムはトライXがぶち込んである。

おれがいるのは、十二畳ほどの広さのワンルームマンションの部屋である。

窓に近い壁に寄せてシングルベッドが置いてあり、空いたほうの空間に、簡単な応接セットがあった。

おれと彼女とは、その応接セットに向かい合って座っているのである。

部屋全体が、シンプルな黒い色調で統一されていた。

一見、二十代の半ばほどに見えるが、もっと若くとも歳《とし》をとっていても、意外ではない雰囲気が彼女にはあった。

「わざわざ来ていただいて――」

彼女が、おれを見つめながら言う。

「他の場所でもかまわないのですが、私の部屋でなら、誰にも聴かれる心配がありませんから――」

やっぱり、とおれは思った。

おれの所に舞い込んで来る話だから、あまりまともな仕事ではないだろうと思っていたのだが、やはり人には聴かれたくない種類の仕事らしい。

「何でもお撮りになるというお話でしたわね」

彼女が言った。

「売れないカメラマンは、注文さえあればたいてい何でも撮りますよ――」

「あなたは、売れてるんでしょう」

「どうですかね」

「私、こういうことを頼むのは初めてなのでよくわからないの。あなたのお値段を聴かせてもらえるかしら――」

「わたしの？」

おれは言った。

初対面の女性に、おれなどとは言わないだけの礼儀は、おれも心得ているのだ。

加山芙美江は、立ち上がって、横にある化粧台の上に手を伸ばした。

前もって用意していたらしい封筒がその上に乗っていた。その封筒を白い指で持ちあげて、またテーブルにもどってきた。

腰を下ろし、その封筒をテーブルの上に置いた。

「ここに、三十万円あります。相場はわかりませんが、たぶん充分な額だと思って用意しました――」

現金で、しかも前払いのつもりらしい。

おれは、ごくりと喉《のど》が音をたてるのをかろうじて押さえた。

仮にも六本木にスタジオを持つカメラマンが、三十万の金を眼にして、いやしい音をたてるわけにはいかない。

「その額が適当かどうかは、仕事の内容をうかがってからです――」

「そうですね――」

「どういう仕事なんですか――」

おれが訊くと、女の眼の中に、一瞬、鋭い炎が燃えあがった。その色が、たちまち静かなもとの眼の色にもどる。

「これから私が申しあげる場所で、ある事件が起こります。それをあなたに撮影していただきたいのです」

きっぱりと彼女は言った。

「事件⁉」

「はい。それは、たぶん木曜日になると思いますが、いつの木曜日になるかは、まだわかりません。引き受けていただけるなら、それがいつの木曜日になるのかわかり次第、連絡します。前金で三十万、お渡しできます――」

「もう少しはっきり言っていただけませんか。あまり頭のいいほうじゃないんですよ」

「そうですね――」

女がうなずいて、初めてその眼を伏せた。

「赤坂の〝ハニー・ホール〟を御存知ですか――」

「〝ハニー・ホール〟?」

「ホテルの名前です」

「――」

「木曜日の夜、何時間かその入口の近くに立っていていただいて、出て来るある男女の写真を撮っていただきたいのです」

「浮気調査みたいですね。どこかの興信所にでも頼んだほうがいい仕事なんじゃありませんか」

「いいえ。興信所では駄目なのです。絶対にというわけではありませんが、貴方のような、たとえば『激写春秋』などの雑誌に顔の利く方のほうがいいのです――」

「――しかし」

「どの男女を撮るかは、事件が起ればすぐにわかります」

「やばい話には乗れませんよ。警察を相手にするつもりはないんでね」

「だいじょうぶです。私は、そこで貴方に何が起こるのかお話はしませんから。貴方はそこに立っていて、何か起こったらその時に写真を撮っていただければいいのです。何も起こらなかったら、そのまま、三十万円は貴方のものにして下さい――」

「写真を撮って、その写真をどうすればいいんですか」

「貴方におまかせします」

「おれに――」

わたしというつもりがおれになっていた。

加山芙美江の奇妙な話に、おれはつい付け焼き刃の礼儀を忘れてしまったのだ。

「貴方の顔を利用して、どこかの雑誌にでも売り込んで下さい。かなりの値が付くはずですから――」

「――」

「その売ったお金は、皆、貴方のものになさって結構です」

突拍子もない話だった。

おかげで、おれは、おれが彼女好みの男であったのかどうか、それを尋ねるのを、彼女のマンションを出るまで気がつかなかった。

5

その木曜日の晩――。

おれは、煙草《たばこ》を咥《くわ》えながら、暗い路地で加山芙美江のいう事件の起こるのを待っていた。

路地の何カ所かに薄暗い街灯が立っている。ラブホテル〝ハニー・ホール〟の入口は、おれの立っている電信柱の向こう、八メートルほどの所にあった。〝ハニー・ホール〟は、三階建てで、建物の上に、しゃれたデザインの横文字の看板が出ている。入口までは、五段の階段があり、階段の両側には鉢植えの木が、植え込み風に並べられている。

おれの足元には、たくさんの〝く〟の字形にひしゃげた煙草が長いままころがっていた。普段あまり煙草を吸う習慣はおれにはないのだが、いつもの一日分を二時間あまりで吸ってしまったことになる。吸わずに唇に咥えているだけの煙草の先は、いつの間にか二センチ近くも灰になっていた。

フィルターの部分を歯で咬《か》んで、おれは、右手の指先で煙草を唇から抜き取った。灰が落ち、抜き取った時には、煙草は、人差し指でもう〝く〟の字に曲げられている。アスファルトの上に煙草を落とし、靴底でそれを踏みつける。

――夜の十一時半。

十二時半まで待って何事もなければ、そのまま帰って、前金の三十万を懐に入れてもいいことになっているのだが、何の仕事もせずにその金を手に入れるのでは、いかなおれでも、いささか寝覚めが悪い。肩から下げたニコンが重かった。

これまでに、何組かのアベックが出てきた。許せないくらい若い娘と、おれよりひと回りは歳が上の男とが、出てきたこともある。その度におれはレンズを向けるのだが、何も起こらない。自分の娘ほどの女に腕をからめられ、鼻の下を長くしている男の面《つら》ほど腹の立つものはない。

そんな男に限って、眼だけはおどおどと周囲に動いている。

ラブホテルから出てくるアベックの写真を撮り、ふたりの後を尾行し、途中からふたりが別々の方向に向かうのを確認してから、男の後をさらに尾行して男の住所をつきとめ、その男から金をゆすり取っていたという悪党もいる。月に五百万円ほど金を稼いでいたらしいが、その悪党になりたい気分だった。

おれは、右肩から下げたニコンF3のボディに、ズームニッコール43㎜～86㎜のレンズを付けていた。F三・五という明るさだが、フィルムはトライXをぶち込んで、ボディのASA感度を、一六〇〇にセットしてある。街灯の明りで、なんとか手持ちでシャッターが切れるくらいだった。

ストロボを用意してきてはいるのだが、場所が場所だけに、あからさまに発光させるわけにはいかない。

おれはいたって気が小さいのだ。

だから、実を言えば、もう少し長いレンズを使って遠くからひっぱって撮りたかったのだが、タマが長くなるとF値が暗くなって、もはや手持ちの撮影ができる範囲を越えてしまうのだ。

足元のカメラバッグの中に、交換レンズを数本用意してはいるのだが、いざ事件が起こったら、そのレンズを使っているヒマはなかろう。

何かの時のために、左肩から、トライXを入れてASA感度をノーマルにセットした、ニコンFMを下げている。そちらのカメラにはストロボをくっつけているのだが、できればそれを使いたくはなかった。

あまりまっとうな仕事をしている気分ではないのだ。人通りが、極端に少ない路地であるのがありがたかった。

さきほど思い出した悪党が、どうして捕まってしまうことになったのか、ぼんやりそんなことを考えている時に、〝ハニー・ホール〟から、ひと組の男女が出てきた。

髪の短い、コートを着た男であった。

サングラスをかけていた。

おれはあわてて電信柱の影に身を縮め、カメラを構えた。

電信柱の横には、おれの愛車、ジムニー一〇〇が停《と》めてある。そのジムニーのボディの背後に身を沈めて、ボンネットとフロントグラスの角から、カメラと頭半分だけを覗かせた。

おれは、たて続けにふたつシャッターを切っていた。

おれの勘にぴんとくるものがあったのだ。

サングラスをかけていたが、その男の髪型、頰、煙草を咥えた口元に見覚えがあったのである。

その男が、毛皮のハーフコートを着た女の肩に右手をかけて、階段へ足を踏み下ろす一歩目と二歩目を、おれはふたつのカットに納めていたのである。

女は、男と同じように、やはりサングラスをかけていた。長い髪が、ふわりとコートの襟にかかっている。

女のほうには見覚えはない。

この男をどこで見たのか⁉

それを考えているおれの頭に、ふいに男の名前がひらめいたのは、男が階段を降りきった時であった。

降りきった男は、女の肩にかけていた右手の親指と人差し指で、口元からひきちぎるように、咥えていた煙草をつまみ取ると、指先で地面にはじき落とした。

――成瀬浩一。

それが男の名前であった。

テレビタレント――というより、映画俳優の成瀬浩一だった。

今、成瀬がやってみせたのと似たポーズを本人が演じているのを、何度か映画の画面で見たことがあるのだ。

特別な人気はないが、ドラマの中で渋い脇役《わきやく》をやらせたら、かなり存在感のある役者だった。

最近は、ほとんど映画にも顔を出さず、時おり、単発のドラマの脇役で姿を見かけるくらいであった。

実の所、十年以上も前、ヤクザ映画のあるシリーズにかなりのめり込んでいた時期がおれにはあって、成瀬は、その映画にちょくちょく顔を出していたのである。

成瀬と女とが、おれに背を向けるかたちで、一緒に露地を歩き出した時であった。

〝ハニー・ホール〟の建物の陰の、建物と建物との間の狭い暗がりから、いきなり、黒いコートを着た女が走り出てきた。

その女は、ふたりの行く手をさえぎるように立ち止まった。

「――早苗」

成瀬の声が、おれの所までとどいてきた。

シャッターを切りながら、ファインダーの中の、黒いコートの女の顔を見て、おれは小さく呻いていた。

その顔を、おれが知っていたばかりではなく、早苗ではないその女の別の名前を、おれが知っていたからだった。

〝加山芙美江――〟

おれは唇だけでつぶやいた。

あの白い顔をさらに蒼白《そうはく》にして、おれにこの仕事を依頼した本人、加山芙美江がそこに立っていた。

成瀬と芙美江の身体の位置がずれているため、おれのいる場所からは、芙美江の顔がよく見えた。

黒い眼が、凄《すさ》まじいほど美しく、街灯の光を受けてきらめいていた。

おれに背を見せている成瀬の横顔がわずかに見えている。

成瀬の頬が、微かにぴくつくのが見えた。この男、全《すべ》て演技を地でやっているのか、普段も演技しているのか、その表情も、おれには記憶があった。

芙美江は、右手をポケットに入れていた。

芙美江が、その右手をポケットから抜いた。その手をそのまま頭上にふりあげる。手の中に、灯りを跳ね返して鋭い金属光がきらめいた。

その光に眼玉を吸い込まれるように、おれは立ちあがりながらたて続けにシャッターを押していた。

おれは走り出していた。

芙美江が、そのナイフを、成瀬に向かってふり下ろしたからである。

「やめろ!」

おれは叫んだ。

こういう光景を眼にしてまでシャッターを押し続けるプロ根性はおれにはない。なにしろ、ナイフを握っているのは、おれの依頼人なのである。

おれが叫んだのと、成瀬の連れの女が悲鳴をあげるのと、ほとんど同時だった。

成瀬は、ナイフの切先を、身体を右にひねってよけていた。

成瀬の左肩を、ナイフの切先がかすめていた。

成瀬は、前へ泳いだ芙美江の身体を右手で抱え、ナイフを握った芙美江の右手首を左手で握っていた。

芙美江がもがく。

ハーフコートの女の視線と、成瀬の視線が現場に駆けつけたおれに一瞬向けられ、また芙美江のほうにもどる。

三人の前で、おれは立ち止まった。

「何だ、あんた――」

荒い息を吐きながら、成瀬がおれを見、おれの両肩から下がったカメラに視線を止めた。

「あんた……」

「カメラマンだよ」

おれは白状した。

おれが言った途端に、成瀬の手がゆるんだらしい。芙美江が成瀬の手をふりほどいていた。

わかれたふたりの身体の間に、おれは割って入った。

なおも芙美江が成瀬に突きかかろうとする気配を見せたからだった。

「撮ったわね、あなた。今のをちゃんと撮ったわね――」

おれの背後で、芙美江が言った。

成瀬と、連れの女の顔から血の気がひいた。

「撮ったのか、今のを――」

成瀬が言った。

「ああ、撮った――」

おれは、正直に答えた。

「どういうことなの！」

サングラスをかけた、成瀬の連れの女が高い声で言った。

おれたち三人、全員に向かって言ったようであった。

「さあね――」

やはり正直に答えるしかなかった。

「早苗」

成瀬が言った。

「やめて。もう、あなたにその名前で呼ばれるつもりはないわ」

芙美江が言った。

「これは、おまえが仕組んだことなのか――」

「そうよ」

「このカメラマンも」

「わたしがお願いして来てもらったのよ」

おれの背後の芙美江の声が、微かに震えていた。

「馬鹿《ばか》なことをしたな」

視線を別の場所に向けて、成瀬が言った。

この演技も、おれは見たことがあった。

「そのフィルムを、売ってくれ」

視線がもどり、成瀬の眼がおれを見ていた。

「フィルムを――」

「その女から頼まれたんだろう。幾らもらったんだ。それよりもっと高い値でおれがフィルムを買いとる」

「ほう――」

唇に、意識的に笑みを浮かべてやった。

試しにこの男が幾ら出すと言うか、それを聴いてみたくなったのだが、口には出さなかった。

「駄目よ」

　芙美江は言った。

「彼女は駄目と言ってるんだがね」

「そこの女は関係ない。おれは、あんたに交渉してるんだ。そこの女よりも、おれのほうが金を持っている――」

「へえ」

「それとも、あんた、金だけじゃなく、別のものまでその女からもらったのかい」

　成瀬の口元に、初めて、おれが画面でも見たことのない、下卑た表情が浮かんだ。

　彼女が電話で言ったいいことを、もうしたのかと成瀬はおれに訊いているのだった。

「それがまだなんだ」

　ここでいいことも含めて、彼女に交渉してみたくなったが、むろん、そんなことまでは口に出さない。

「いけないわ、手頃な雑誌に売り込めば、かなりのいい収入になるはずよ。落ち目の映画俳優、成瀬浩一などより、よっぽどそのほうがあてにできるわよ」

「黙れ」

　成瀬が言った。

「そこで背中を向けている女が誰だか、教えてあげましょうか――」

いつの間にか、おれたちに背を向けてうつむいている、成瀬の連れの女の背に、芙美江が言葉をあびせかけた。

女の背が、堅く強《こわ》ばるのが、コートの上からも見てとれた。

「安曇今日子――最近のしあがってきた、映画プロデューサーがその女よ――」

芙美江が言う。

背を向けていた女、安曇今日子が、ゆっくり、振り向いた。

覚悟を決めたように顔をあげている。

たいした貫禄《かんろく》であった。

顔までは知らなかったが、安曇今日子の名前ならばおれも知っている。

ここ二～三年の間に、大手の出版社と組んで、たて続けに映画のヒット作をとばした女である。

「フィルムは私が買うわ」

低い声で、安曇今日子が言った。

年齢の見当のつかない声だった。

三十代とは思えるが、四十に近いのか、まだ三十に近いのか、それがわからない。

「昔、加寿美早苗という芸名で唄《うた》っていた、チンピラ歌手を、あなた、覚えてる？」

安曇今日子が言う。

サングラスのグラスが濃くて、眼の表情が見てとれない。

「――――」

「落ちぶれて、所属していたプロダクションからもお払い箱になった女にそのかされるよりも、私の言うことをきいたほうがいいわ。気の利いた写真の仕事も、あなたにまわしてあげられるしね――」

「せっかくだが――」

おれは言った。

あまりおれの好みの話し方をする女でないのが、おれの気にさわった。

「このフィルムは、しばらくおれがあずからせてもらうよ。こういうこととは思ってもみなかったんでね、まだ事情がよく呑《の》み込めてないんだ。事情をもう少し知ってから、このフィルムをどうするか、おれが決めさせてもらうよ――」

安曇今日子の頬が、小さくぴくりと動いた。

「今晩のところは、おひきとり願おうか。こういう場所で、長い時間立ち話をしていて、困るのはおたく達のほうだと思うんだがね――」

「いいわ」

何か言おうとする成瀬を制して、安曇今日子がうなずいた。

「あなたの名刺、いただけるかしら――」

「残念だが、名刺を持ち歩く習慣はおれにはないんだ」

「そう」

素気なく安曇今日子が言って、歩き出した。

その後を成瀬が追う。

幾らも歩かないうちに、安曇今日子が振り返った。

「考えが決まったら、私に電話をちょうだい。私の電話番号くらい、すぐに調べられるでしょう」

「ああ、そうする」

「それからもうひとつ。その写真で私をゆすろうだなんて、夢にも考えないことね。それだけあなたに忠告しておくわ」

「覚えとくよ」

背を向けて再び歩き出した女の背に、おれは声をかけた。

安曇今日子の姿が見えなくなる前に、おれは、芙美江の手からナイフをもぎ取った。

ジャックナイフであった。

それをたたんで、おれは自分のポケットに収《し》まった。

芙美江の華奢《きゃしゃ》な身体が、小刻みに震えていた。

凄い緊張が、肉体からゆっくりほどけてゆく最中なのだ。

芙美江の眼に、涙が溜《たま》っていた。

喉の奥に、ひきつけが起こったように、小さくしゃくりあげ始めていた。

こういう時、男が女にしてやれることは、幾つかあるのだろうが、おれのレパートリーは哀《かな》しいほどに少なかった。

その少ないレパートリーの中から、最も効果のありそうなものを選んで、おれはそれを実行した。

芙美江の薄い肩に手を乗せて、おれは黙ってその細い身体を抱き締めてやったのである。

ぶるんと、おれの腕の中で女の身体が大きく震え、芙美江はおれの胸に顔を埋《うず》めてきた。

おれの胸の中に、おれの着ている服の布地を透《とお》して、女のむせぶ声が届いてきた。

それは、これまで辛いことに独りで耐え続けてきた女が、その気持を、誰にも聞こえないように、今身体をあずけているその男だけに届けられる一番小さな声であり、一番確かな方法であった。

おれは、女の背を優しく叩きながら、小さく腰をひいていた。

恥かしいことに、たちまちたちあがりかけた不肖の息子の状態を、彼女に知られたくなかったからである。

困ったような、複雑な気分だった。

〝ハニー・ホール〟の看板が、抱いた女の肩越しに見えているのである。

ここでいつまでもこうしているわけにはいかないし、何しろ、おれたちは、こみいった話をするのには絶好の場所のまん前にいるのだから――。

6

芙美江を、おれは暴力的に犯したわけではない。かなり荒っぽいあつかいをした部分があることは認めるとしても、少なくとも彼女がいやがるようなことだけはしていない。

なにしろ、このホテルに誘ったのは、微妙な問題ではあるが、彼女のようなものなのだ。

いや、おれの不肖の息子が、布越しにしろ彼女の腹のあたりを圧していたはずだから、それを誘惑ととるかどうかで答は違ってくる。しかし、泣いている女の子の下腹に、自分の股間を押しつけるというのは、中年のおじさんがいかにもやりそうなことだが、ほんとうはあまりしない。少なくともおれはしない。

おれは、むしろ腰を引くようにしていたのだが、その引いたおれの腰を追うように、さらに彼女が腰を入れてきたのだ。それだけではない。彼女はその腰を小さくよじるようなことまでしたのである。

泣いている女を抱き寄せているうちに股間を立たせてしまうという中年のおじさんも誉《ほ》められたものではないが、腰をすり寄せてくる女にも、たっぷりと責任はあるのではないか。

その女が、ひと通りは男と女とのことについては経験を積んでいるとあってはなおさらだ。

おれが、最大の自制心を持って、彼女の身体を押し離そうとすると、彼女は、おれの胸にあてた首を左右に振っていやいやをしたのだ。

なおさら強い力でしがみついてきた。

「いや――」

そう言われて好みのタイプの女を押し離すことができる男がいたら、おれはその男のそばには寄りたくない。

寄る時には尻に手をあててゆく。

いらぬ視線を向けてくる他人にどう思われようと、ひとりの女を腕の中に包んで守っているのだという、かなり快感のある役どころを演じているほうが、どんな男にとっても嬉《うれ》しいに決まっている。

女の身体は、なにしろおれが手を放したとたんに倒れてしまいそうだった。

おれは優しく彼女の細い身体を抱擁し、たっぷりと女の胸の圧力を楽しんだ。

「そばにいて……」

女にそう胸に囁《ささや》かれて、おれには決心がついてしまったのだ。

つまり、彼女のそばにいてやる決心をしたのである。

芙美江の肩を抱いたまま、おれは〝ハニー・ホール〟の入口をくぐっていた。

彼女はさからわなかった。

部屋に入ってからの十分間は、おれは、ストイックな童貞の少年のように、ただ立ったまま凝《じ》っと彼女を抱いていてやったのである。

さすがに、中年のおじさんにも、泣いている女をそのまま押し倒すなどということはできなかったのだ。

　彼女が泣きやみ、ようやくおれたちが、丸いベッドの縁に腰を下ろしたのは、十二分後ぐらいであった。

「ごめんなさい」

　まだうつむいたまま、彼女が言った。

　ハスキーな声が、やや鼻声になっていて、たまらなく色っぽい。

「つまらないところを見せちゃったわ」

　おれを見、また眼を伏せた。

「いいさ」

　おれは言った。

「気にしなくていい。あんたはスポンサーなんだから――」

　やや見当違いの言い方だったと、おれは口にしてから気がついた。つい気の効いた台詞《せりふ》を言おうとすると、こうなってしまうのだ。

「そうよね」

　彼女はうなずいておれを見た。

「どうする？」

「どうするって――」

「このフィルムさ」

おれは、肩から下げていたカメラを左手に握って、右手の指先でこんと軽くボディをはじいた。

レバーを回して、中のフィルムを巻き取った。それをカメラから取り出して彼女に見せた。

フジカラーのパトローネに入ってはいるが、中には、おれが自らの手で巻いたトライXが入っている。

「最初に約束した通りよ」

彼女が言った。

「雑誌に売り込んじまっていいのかい」

「いいわ」

「テレビが飛びついてきても？」

「できるだけ大きな騒ぎになることがわたしの目的だから――」

「写っているのは彼等《かれら》だけではない。きみだって写っているんだぜ」

「承知してるわ」

「その騒ぎで、加寿美早苗という元アイドル歌手もスキャンダルに巻き込まれることになる――」

おれが言うと、芙美江は小さく笑ったようだった。

「チンピラ歌手加寿美早苗の名前が出ることによってスキャンダルが大きくなるんなら、それでわたしは本望だわ」

「万が一、このスキャンダルを利用して、もう一度甘い夢を見ようとしているんならやめたほうがいいと思うぜ」

「わかってるわ。こういうことで得た人気がどういうものかは、何度も見てきたから――」

「元アイドル歌手のヌード写真が、雑誌のグラビアに何度か出て――」

「運がよくても、〝ポルノ映画のちょい役の主人公《ヒロイン》〟ができるくらいでしょう?」

「わかってればいい。おれみたいなごろんぼカメラマンや雑誌に喰《く》い物にされて、そのあげくにポイだってことがね」

おれが言うと、芙美江は、顔をあげておれを見た。

自分の髪の毛を後頭部から頭の上に持ち上げて、軽くポーズをつける。

「どう?」

背中がくすぐったくなるような、色っぽさがあった。

「素敵だと正直に言ったら、きみはどうする？」

「プロカメラマンの言葉として素直に受けとめていいんでしょう？」

「復帰したくなったかい」

彼女は、髪を下ろし、うつむいて深く息を吐いた。

「麻薬ね、あれは――」

ぽつりと言った。

おれに向かって言っているのではなかった。

自分に向かって言っているのである。

「ほんの一時でもいいからって、何もかも承知で、もう一度って思ってしまうのよ。もしかすると、それをきっかけに、また歌えるかもしれないって思うと、自然に胸が熱くなってしまうのよ――」

「――」

「一度ステージに立ってライトと拍手を浴びてしまうとね、その味を忘れられなくなってしまうのよ。まだ歌っていた頃に、何度もあちこちでそのことを聴かされたことがあったわ。その頃は、わかったような顔をしていたけど、実は何もわかっちゃいなかったのね。こういう境遇になって初めて、その意味がわかったわ――」

「――」

「鏡を見て、ポーズをとって、あんた、まだやれそうじゃないって自分で自分に言ったりするのよ。アイドル歌手はともかく、大人の歌手としてなら……」

いつの間にか、彼女の顔があがっていて、おれを見つめる瞳が熱い光を放ち始めていた。

その色がふっと醒《さ》める。

「駄目よね。元アイドル歌手といっても、一番人気のあった時期でさえ、ベストテン入りしたわけじゃないし、何かの賞にノミネートされたわけでもなかったし。歳をごまかしてステージにあがってたのよ。あの頃は――」

どう言ってやればいいのか、おれにはいい言葉が思い浮かばなかった。そういう時の最良の方法というのは、むろん沈黙することだった。

話題を変えてもいいくらいの沈黙の後、

「何があったんだ？」

おれは彼女に訊《たず》ねた。

「多少の見当はつくが、さしつかえなかったら話してくれないか」

「いいわ。どこにでも転がっているような話で、あなたが退屈さえしなければね――」

7

おれのつけた〝多少の見当〟と、彼女の話とは、大きくずれてはいなかった。

加寿美早苗と、成瀬浩一とが知り合ったのは、早苗の人気が明らかな下降線をたどり始めた七年前、早苗が二十三歳の時である。

成瀬浩一が三十五歳。

男女のアイドル歌手を主人公にした映画の脇役として、ふたりが出演した時に、互いに知り合ったのだ。

知り合って半年もしないうちに、半同棲《どうせい》まがいの生活が始まっていたという。

「ヤクザよ、あの男は――」

と、芙美江は言った。

「そういう人間とつき合っていたし、覚醒剤《かくせいざい》なんかも、わたしに内緒で打っていたみたいね。プロダクションをやめて、成瀬と暮らし始めてからは、あの男がどういう男かつくづくわかったわ。成瀬が連れてきた男にむりやり犯されたこともあったし、納得ずくで肉体を許したこともあったわ。〝元、アイドル歌手を抱かせてやるよ〟そう言って、身の回りの男にわたしを抱かせては、金を取っていたみたい。それでも、わたしは成瀬とは別れられなかったの。たちの悪い男にひっかかるのも、ステージへの未練も似たようなものね。自分は駄目だったけれども、この成瀬だけは、もっと陽《ひ》の当る場所へ出してあげたいと、そう思っていたのよ。他の男にわたしを抱かせると言っても、それは酔っている時だけで、醒めている時の彼はわたしには優しかったわ。彼にとって、女はわたしだけだと、その時はそう信じていたから――」

ひどい話だった。

芙美江は、そのひどい話を淡々と語った。

「成瀬と別れたのは半年前よ。むこうは放り出したつもりでしょうけど、わたしのほうから、荷物をまとめて出てしまったの。その頃には、成瀬が、他に女を何人もこしらえていたのはわかっていたし、わたしを抱かせた男から金を受け取っていたこともわかっていたから。知ってる？　いま、新しい映画の制作の話が進められているの。これまであの安曇今日子とやってきた出版社が、さ来年で創立三十周年をむかえるの。その記念の映画が作られることになってね、そのプロデューサーが彼女。原作はもう決まっているわ。たぶん、主役も、それに準ずる役ぐらいまでね」

「成瀬浩一か！」

「ええ」

「しかし、大作の主役に成瀬は――」

成瀬は脇にいてこそ光る役者だとおれは思っている。それに、いくら、深い関係にあるとはいっても、安曇は仮にもプロである。それに、いくら力があるといっても、映画はひとりの人間の意見だけが通るものではない。

「安曇今日子は、これまで、世間があっと驚くような人間を主役に起用して、実績をあげてきた人間よ。主役はともかく、主役級の助演男優くらいなら、彼女の意見を無視できないわ。それに、成瀬にはそれだけの実力はあるわ。彼もこの映画にかけているはずよ。地味な脇役ばかりだったけど、今度の映画で主役を喰ってしまうだけの演技力もある――」

「――」

「そのために、成瀬はわたしを捨てたのよ。わたしを捨ててあの女に近づいたのよ。四十に近いあの女にね。月に何度か、あの女のスケジュールが空く木曜日に、ふたりはデートを重ねてたの――」

「それで木曜日だったのか――」

「そうよ。安曇今日子は、あの安曇宗一郎の娘よ。ただひとりのね」

「安曇宗一郎？　国会議員の安曇宗一郎か」

「そう」

「親の七光りといっても、この世界で女があそこまでやっていけるものじゃないぜ」

「そういう意味で言ったんじゃないわ」

そう言って芙美江はまた少し押し黙った。

「――あんた、まだ惚れてるんだろう。成瀬にさ」

「――」

芙美江は、おれの言葉を否定しようと口を開きかけたが、しかし、言葉は発しなかった。

「確かに魅力的なフィルムだが、これを発表して、誰も得する人間はいないよ。ひとりのごろんぼカメラマンに、あまり後味のよくない金が転がり込むだけだ。雑誌のほうは、何もおれがこの写真を持ち込まなくとも、別の写真できちんと誌面が埋まるものだしね」

おれは、右手でフィルムをもてあそびながら言った。

「わたし、人選を誤ったのかしら――」

「人選?」

「カメラマンの――」

「――」

「カメラマンていうのは、平気でこういう写真を撮る人たちばかりかと思ってたのに――」

「撮るには撮るがね、今回のケースというのは気に入らない」

「どう気に入らないの」

「うまく言えないんだがね、こうやってお知り合いになっちまった女の写真を、どこかへ売り込めるほど器用なたちじゃないんだよ」

「お知り合い?」

「そうだ」

「信じられないわ、あなたみたいな人が、こんな業界にまだ棲息してるなんて――」

「絶滅した動物みたいな言い方だな」

「そうよ、珍しいわ――」

「それは、これまであんたがつき合ってきた人間がよほど特殊すぎただけなんだ

「——」

「あなたも特殊よ」

「おれみたいなタイプの生き物も、この業界にはかなり生き残ってるんだ」

「でも、弱い生き物は自然に淘汰《とうた》されていくんでしょう」

「淘汰なんて言葉をよく知っているな」

「学校の成績はいいほうだったのよ。進化論も芸能界ではあまり役にたたなかったけど——」

その時、おれは、ささやかながらかなりとっておきの笑みを、思わず浮かべていた。

それにつられたように、彼女が小さく微笑した。

「このフィルムは、しばらくおれがあずからせてもらうよ。十日ほど頭を冷やして、まだ気が変わらなかったら、おれのところへ電話してくれ」

「たぶん、気は変わらないと思うわ。でも、そのフィルムはもうあなたのものだから——」

「ひとつ訊き忘れていたことがあったんだが——」

おれは、前から気になっていたことをおずおずと切り出した。

「なに？」

「おれが、あんたの好みだったのかどうかということさ」

おれが言うと、彼女は、少しだけ考え、すぐに微笑した。

電話での会話を思い出したらしい。

浮かべた微笑をそのまま持続しながら、おれの首に、腕をからめてきた。

柔らかで温かな唇がおれの唇に押しあてられた。

おれの首に腕をからみつかせたまま、彼女の顔がおれから離れた。その顔は、遠くまで離れず、途中で止まり、大きな黒い瞳がおれを見た。

「おしゃべりよりは、このほうがわかり易《やす》かったかしら――」

「ああ」

おれはうなずいた。

「おれも、おしゃべりよりは、別のわかり易いことのほうが気になってたんだ」

正直におれは告白した。

芙美江の腰に手をまわした。

芙美江が、おれにしがみついてきた。

おれがその細い身体を抱き締めると、彼女が再び唇を合わせてきた。

舌が、おれの唇を割って入り込んできた。

おれは、女と一緒に、ゆっくりベッドの上に倒れ込んだ。

濡れ場に入るタイミングとしては、まあ、こんなものだろう。

8

おれは、女にもてないタイプの男ではないのだが、久しぶりの女だった。

カミさんと別れて以来、男と女がベッドインするまでのややこしい手つづきというものが、面倒になっていたのだ。

好みの女と知り合った途端に手などを握り締め、

〝やらせて下さい〟

それでうまくいけばいいのだが、まずはうまくいかない。実際に試してみれば、おれの言っていることが嘘《うそ》ではないことがわかるだろう。

いきなり頬を叩かれたりはしないが、まず本気にはしてくれない。

〝やらせてあげる〟

こんな風にすぐに答えてくれた女もいるが、それはむろん冗談であるから、本気になってホテルへ連れ込もうとするとエライ目にあってしまう。

相手が気のいい女なら、楽しい会話はできるだろうが、結局ベッドインまでのややこしい手つづきが必要なことにかわりはない。

もちろん、〝やらせろ〟というそんなやり方で、ほんとに女が口説けると思っているわけではないから、むこうもそう思って答えているのだろう。

逆に、それだけの台詞でのこのこついてくる女がいたら、おれのほうが困ってしまう。

今日びの六本木界隈《かいわい》には、まるで食事でもするような気分で、誘いにのってくれる若い娘もいるにはいるらしいが、おじさんとしては、どこかにうしろめたい気分があるものだから、つい手を出すのを遠慮もうしあげてしまうのだ。

好みの女と、自然なはずみで、あとくされのない楽しいベッドイン——ささやかなおじさんの夢なのだが、そんなことなどめったにはない。

あとくされのないベッドインかどうかはともかく、おれと芙美江とが（色々な意見はあるだろうが）自然なはずみでそうなったのだということは、理解してもらいたい。

おれが、頭の中で想像してた以上に、芙美江の胸は大きかった。

唇を合わせたまま、右手を左右の乳房に這わせると、芙美江は、細い声をおれの唇の中に舌と一緒に送り込んできた。

初めはおずおずとからんでいた舌が、やがて、大きくうねるように動き始めた。

指先で乳首をそそり立て、つまむ。

それだけで、芙美江は顎をのけぞらせ、白い喉をたっぷりと見せた。

唇を、そののけぞらせた喉に移動し、肩のあたりまでゆっくりとついばんでゆく。

右掌に彼女の左の乳房を包み、盛り上がった頂きにある乳首を唇に含む。やや大きめの乳首を舌先で転がすと、芙美江はとろけるような声をあげた。

敏感な身体だった。

乳首を含んだおれの鼻息が、胸にかかるだけで、さらに快感が生まれてゆくらしい。

あの成瀬が、この女をここまでにしたのだ。

おれの脳裏に、成瀬の映画のシーンがいくつか浮かんだ。一度か二度くらいは、成瀬の、レイプまがいのベッドシーンがあったはずなのだが、そのシーンは思い出せなかった。

おれは、女の乳首に小さく歯をあてた。

すると、芙美江は、これまで何をした時よりも高い声をあげた。

「それ――」

眼を閉じたまま、細い声で言った。

「それ、もっと――」

おれはもう一度囁んだ。

芙美江が、さらに高い声をあげた。

塊りのようなたまらない愉悦が、芙美江の白い肉の内部のどこかに生じたらしい。

それが、芙美江の身体の中で大きく腫《ふく》らんでくるのがおれにもわかった。

指を、女の脚の合わせ目に移動すると、そこは、熱くぬめるものでおびただしく濡れていた。

うるんだ肉の花びらを分けて、指を浅くくぐらせる。

「ああ」

芙美江の両手が、乳首にかぶさっているおれの頭を抱えた。髪の毛の中に潜り込んだ指が、乱れたおれの髪をさらに掻き混ぜる動きをする。

おれの指を、強い力が締めつけてきた。

おれは、妙に凶暴な気分になっていた。

獣に似た黒い塊りが、おれの内部に生じていた。

指を、さらに肉の奥に沈め、左右にねじった。

親指の腹で、合わせ目の上の肉の花粒を捜しあてる。

小刻みに、芙美江が腰を揺すった。

おれの親指に向かって尻をせりあげ、そこをこすりつける動きをする。

強靭《きょうじん》なバネが、細い身体に潜んでいるようだった。とても押さえきれないほどだ。

唇と指をはずし、おれは、芙美江の脚の間に膝で割って入った。

折った膝を立たせ、その膝に両手をあててさらに大きく開いた。

貪《むさぼ》り喰われるように、おれは呑み込まれていった。

肉が、おれのこわばりに嚙みついてくるようであった。

最初から、おれは大きく動いた。

ゆっくりと、芙美江の身体を味わいたかったのだが、芙美江の身体がそれを許してくれそうになかったからだ。

おれも、そのほうがよかった。できるだけ荒っぽいやり方で、動きたかったのだ。

芙美江の腰も、身体も、信じられないほど大きくはずんだ。

恥かしながら、おれは、二度もいたしてしまったのである。

9

〝ハニー・ホール〟を出た時には、午前二時を過ぎていた。

この時間に出ても、料金はきちんと一泊分である。しかし、いい思いをしたのだからせこいことは言うものではない。

いいことをしたばかりの女のいる前で、ラブホテルの料金をねぎるのは、その女と別れたい時以外にやってはいけないことだとおれは思っている。

声をかけられたのは、停まっているおれのジムニーに向かって、おれと芙美江とが歩き出した時であった。

「おい――」

その声を耳にした途端、ぴんとくるものがあった。

かたぎの衆の発する〝おい〟ではなかった。

外へ出たばかりの時には誰の姿も見えなかったはずなのに、ホテルの入口へ駈《か》けもどるにはやや距離があり過ぎる所まで来た途端に〝おい〟ときては、考えられることはひとつであった。

「走るぞ！」

おれは、いきなり芙美江の手を握って走り出した。

後方の闇《やみ》に、たちまちふたり分の足音がアスファルトを鳴らした。

「逃がすな」

声がする。

いくらも走り出さないうちに、前方の街灯の明りの中に、さらにふたりの人影が姿を現わした。

ごろんぼカメラマンよりさらにタチの悪そうな風体の男たちだった。着ているものは、売れないカメラマンよりは高価そうだったが、人相はよくない。個人的な意見になるが、おれよりはずっとご面相は劣る。

しかし、もちろん、彼等が男まえを比べるために姿を現わしたのではないことを、おれはわかっていた。

彼等は、おれと芙美江とが、〝ハニー・ホール〟から出てくるのを待っていたのだ。

おれ独りなら、いっきに走り抜けながら、前方の男に回し蹴《げ》りをぶち込んで、そのままとんずらできるのだが、女を連れていてはそういうわけにはいかなかった。

前からふたり、後方からふたり。

おれは、ジムニーと自分の背との間に芙美江をかばって、彼等と睨み合うという、カッコはいいが実はどうしようもない状態に追い込まれていた。

この後、指の爪をペンチでむしり取られた時には、おれは、本気になって、自分独りでも逃げなかったことを後悔したのである。

「逃げるんじゃねえよ——」

歩み寄ってきた、四人の男のうちのひとりが言った。

ちんけな口髭《くちひげ》をはやしているが、おれよりはまだ若そうだった。

ケンカの場数は踏んでいるらしく、鼻が潰れて、やや曲がっている。一対一なら負ける相手ではない。鼻が潰れているというのは、防御が下手で、かなり相手のパンチを受けていることを証明しているようなものだからだ。

「逃げたというのは、おれたちが何の用事で来たのかわかっているってことだな——」

むりにドスの利いた声で言っているのがわかった。

必要以上に声を押し殺している。

チンピラであった。

こういう手合は初めてではない。

「フィルムを買いに来たんだろう」

おれは、油断なく腰を落として言った。

「そんなとこだ」

「まだ閉店中なんだ、朝の十時になってからまた来てくれないか」

おれがそう言った途端、男の怒声があがった。

「とぼけるなっ」

いきなり右拳《こぶし》を打ち込んできた。

おれの予想していた動きだった。

おれはその右拳を左肘ではじいた。

右足で地を蹴り、おれは右の爪先を男のこめかみに向かって跳ねあげていた。

みごとに爪先が男のこめかみにぶち込まれるはずであった。しかし、おれの爪先は宙をえぐっていた。

男が、左手首で、おれの足を上へ流しながら頭を沈めたのだ。

最初のパンチからは想像できない動きだった。明らかにプロの動きだ。

最初のパンチはおれをだますためのものだったのだ。

体勢を整える間もなく、さっきのパンチの倍の速さで、右のストレートがおれの顎に向かって伸びてきた。

みっともないバランスのスウェーバックで、おれはそれをかわした。

「てめえ、ど素人じゃねえな」

男が言った。

「あんたもな——」

かっこをつけて言ったつもりが、すでに、おれの呼吸は、男の呼吸よりも荒くなっていた。

二回戦をやった直後に、短距離のスタートをやり、さらに四人相手に立ち回りができるほど、おれの体力は底無しではない。

おれの呼吸を見てとり、男はいやらしい笑みを浮かべた。

「八回戦まで行ったことがある——」

男は言った。

むろん、プロボクシングの八回戦のことである。

男は、おれに返事をする余裕を与えてくれなかった。

きれいなフットワークを使いながら、左右のパンチを連続して叩き込んできた。

そのうちのひとつが、きれいにおれの頬に当った。

しかし、男のパンチが当る寸前に、おれは、男の腹に、左の前蹴りをヒットさせていた。

男は、腹を折って後方に腰を引いた。

現役ではないらしい。

腹筋が弱くなっているのである。

しかし、おれの頬に入ったパンチも、おれの蹴りにわずかに遅れたとはいえ、いいタイミングのものであった。

耳の中に残っている自分の頬がひしゃげるいやな音を振り払うように、おれは首を振った。

しかし、残りの三人の男も、ただ、おれと八回戦ボーイのやりとりを黙って見ていたわけではない。

おれと芙美江とが離れた隙に、ひとりの男が芙美江にちょっかいを出していたのである。

首を振ったおれの耳に、芙美江の悲鳴に近い声が飛び込んできた。

「やめてっ！」

芙美江のその声が、途中でとぎれた。

見ると、背後から、ひとりの男がもがいている芙美江の身体を抱え込み、その口を手で塞《ふさ》いでいたのである。

どっと、おれの右の横腹に何かがぶつかってきた。

別の男が、一瞬動きの止まったおれに、タックルをかましてきたのである。

大きくおれはよろめいた。

よろめいたおれの顔面に、ボクサーあがりがいいパンチをぶち込んできた。

おれは、だらしなく後方に倒れていた。

倒れたおれの肩が、何かにぶつかった。

ジムニーだった。

おれは、ジムニーの後部ドアに肩をもたせかけるようにして、アスファルトの上に尻をついていた。

おれの右の脇腹にしがみついたまま、男が悶絶《もんぜつ》していた。

おれの右膝の上に、男の身体がかぶさっている。

「野郎、何をしやがった」

おれの前に立ったボクサーあがりが、呻いた。

さすがに、防御がヘタで耳が潰れていても、元ボクサーは強い。

しかし、こちらだって、たった一度にしろプロのリングにあがったことがあるのだ。

「へへ——」

できるだけこわもてするように笑ったつもりだったが、それはあまりうまくはいかなかったらしい。

「倒れる時に、この男がちょっと蹴つまずいただけさ」

おれは言った。

後方に倒れる時に、おれは、タックルしてきた男の後頭部に、右の肘を打ち下ろし、かぶさってくる男の腹が当たるように、膝を立てたのだ。

この二重の攻撃で、男は悶絶したのである。

しかし、芙美江を捕えられていては、ここまでがせいいっぱいである。

独りで逃げ出すつもりなら、この時点で、まだ可能であったかもしれない。

だが、いま、させてもらったばかりの女を、恐《こわ》いお兄さんたちの手に残したまま、ここを逃げるわけにはいかなかった。

「フィルムを渡してもらおうか」

男が言った。

切り札はフィルムである。

「まだ開店前でね――」

おれは、新しい冗談を思いつかずに、さっきと同じことを言った。

おれは、冗談のネタではなく、フィルムの隠し場所を、必死で頭の中で考えていたのである。

「いいさ。ならば、むりに店をこじあけて、フィルムをもらってゆけばいいんだからな――」

そのこじあけるという意味をおれがきちんと理解した時には、おれは、心底、こんどの仕事をひき受けたことを後悔したのだった。

10

隠す必要がないから言っておくが、実はおれは臆病《おくびょう》な人間なのだ。

怖いのはいや。

痛いのもいや。

他人の痛みは百年でも我慢できるが、自分の痛みは、一分、いや、一秒でも我慢したくない。

特に、指の爪をペンチでみりみり引きはがされる痛みなどは、想像すらしたくない。いや、想像できないものがある。疑うならやられてみれば、自分がどれほど想像力がなかったか初めてわかるだろう。

ぐじぐじという、その音を思い出すだけで、これから先数年は、鳥肌をたてることになりそうだった。

その痛みにおれが耐えられたのは、おれが臆病だったからである。フィルムのある場所を教えてしまうと、おれは用済みとなり、殺されてしまう可能性があったからである。

どんな痛みよりも、死ぬことのほうが痛いに決まっていると、おれは確信しているのだ。

「教えてくれれば、いつでもここを出て行っていいんだぜ——」

おれの指の先をほじくりながら、そんなことを言う人間の言葉を信用するほど、おれは人間ができてはいないのだ。

おれだけではない。

このマンションのどこかに監禁されているはずの、加山芙美江の生命も、フィルムの在り場所をおれが白状するかどうかにかかっているのである。

さっき、さんざおれを可愛がっていった女にも、おれはフィルムの隠し場所を教えてはいない。

心配なのは、芙美江の身にも、おれと同じ人災がふりかかっているのではないかということだ。

芙美江は、フィルムの在り場所を知らないのだ。

だから、彼女の言うことはひとつしかない。それは、フィルムはこのおれ〝滝村薫平が持っている〟ということだ。

〝知らない〟

というおれと、おれが持っているという彼女の台詞と、どちらを彼等が信用するかはむろんわかっている。

芙美江の言うことの半分は、少なくとも事実である。半分というのは、おれは、フィルムを持ってはいないが、その在る場所を知っているからである。

彼等は、おれと芙美江とが使用した〝ハニー・ホール〟の部屋から、乱闘した道の周辺まで、フィルムの行方を捜したらしい。むろん、フィルムは見つかってはいない。

第一、ホテルから出てくる時には、誰かが待ち伏せしているなどということは、考えてもいないから、ホテルの部屋になんぞ置いてくるわけはない。

そのくらいは彼等も承知している。

それでも捜したのは、彼等がフィルムの行方に、それだけ熱心だからである。

それにしても、たかが、俳優と映画プロデューサーのスキャンダルに、やることが大袈裟《おおげさ》すぎた。

裏にはまだ何かがありそうだった。

おれは、何度かそのことを訊いたのだが、むろん、答えてくれるはずはない。

ベッドに縛りつけられたまま、おれは、一生懸命、身体のあちこちの痛みをなだめ、無視しようとしていたのだが、この痛みは、それほどのことでおとなしくなるようなシロモノではなかった。

情けないことに、それだけの痛みがあってもなお、我が不肖の息子は、きちんとさっきの女の内部に放出したのだ。

痛みだけではなく、素裸で仰向けにベッドに縛りつけられたまま、おれは自己嫌悪とも立派に闘っていたのである。

身体中が、ぼうっと熱を持っていた。

痛みを忘れようと色々なことを考えるのだが、すぐにそのネタが尽きる。尽きるというよりも痛みが勝ってしまうのだ。

痛みに寸断されながらも、ようやくおれは思い出していた。

〝ハニー・ホール〟の前で考えていた、あの、不倫の関係にある男女から金を脅しとっていた男が、何故御用になったのかということをである。

その男の手口というのは、ラブホテルの前で、男女が出てくるのを待ち伏せて、その写真を撮り、その後にふたりの跡を尾行するという方法であった。男と女とが帰る途中で別れた場合は、男のほうを尾行する。

男が自宅へ帰るまで尾行して、その男が妻帯者かどうかを確認するのだ。妻帯者であれば、さっきまで一緒にいた女は、不倫の関係にある女ということになる。

かくして、その男の元に脅迫電話がかかるのである。

脅迫者が失敗したのは、その時たまたまラブホテルを利用した男女が夫婦だったからであった。しかも、妻のほうがその日に用事があったため、途中で別れて夫婦が別々の時間に帰宅したからである。

脅迫者は、男の妻を、男の愛人と誤解してしまったのだ。で、金を受けとりに出かけて行った脅迫者は、そこであっさり、待っていた刑事に御用となってしまったのである。

おれは、そのことをやっと思い出して、いくらかほっとした。

つまらないことではあったが、それによって、浅い眠りにおれはようやく入ることになった。

11

つかの間の眠りをおれが破られたのは、それから、数分後であった。

いきなりドアが開かれ、絨緞の上に、重いものが落ちる音がした。

おれが眼を開くまえに、ドアは閉められていた。ドアの向こうを、足音が遠ざかる。

続いて、男の低く呻く声——

「誰だ？」

おれは、眼を開いて小声で言った。

聴こえてきたのは、大きく呼吸しながら喘《あえ》ぐ声であった。

その声のほうに、おれは顔をねじった。

灯りは、あの女がいた時と同じである。

ほの暗い、部屋の床の上に、黒っぽいものがうずくまっていた。もっとも、ベッドの上に横たわった状態から顔をねじっているだけなので、床が全部見えているわけではない。床にうずくまったものの一部が、見えているだけである。

それは、動いていた。

「おい――」

と、おれは頭を持ちあげてもう一度声をかけた。

「その声は、あのカメラマンだな」

聴き覚えのある声だった。

しかし、何かの苦痛をこらえて声を出しているため、誰かという見当はつかない。

「おれだよ」

また、声が言った。

「成瀬か――」

「ああ」

うずくまっていたものが、やっと顔をあげた。

ナイトスタンドの暗い灯りの中に、成瀬の顔が、ぼうっと浮かびあがった。

一瞬、おれは、それが成瀬の顔ではない別人のものであるのかと思った。おれがその時見たものは、それほどひどい顔であった。

唇が腫れあがっていた。

唇だけではない。眼の上や、頬、額も腫れあがっている。

あちこちに紫色の痣が浮き、鼻から流れ出した血が、半分固まりかけて、その周囲にこわばっている。

ひどい御面相だった。

髪の中も出血しているらしく、血で乱れた髪が束になってよじれている。

顔だけに関して言えば、まだおれのほうがマシな状態と言えた。

ゆっくりと、ベッドの縁に手をかけて、成瀬が立ちあがる。

「ひでえもんだ」

素裸のおれを上から見降ろしながら、成瀬が言った。

その顔が歪《ゆが》む。

おれのひどい有様を見て顔を歪ませたのかそれとも、自分の肉体の苦痛が顔に現われたのか、そのどちらかはわからない。

「お互い様だよ」

おれは言った。

成瀬は、笑みを浮かべようと努力したらしかったが、ふくれあがったその唇が微かに痙攣《けいれん》しただけであった。

「どうした んだ？」

おれは、成瀬に訊いた。

「今日の昼間、いきなりここの奴等《やつら》に車に押し込まれ、連れてこられたんだ」

「奴等!?」

「ああ」

「おれはまた、あんたか、安曇今日子が手をまわしてこうなったのかと思っていたが――」

「違うよ、おれじゃない」

「安曇今日子か――」

「そうだろうな」

「あんたと安曇今日子は、お友達じゃなかったのか――」

「違う」

「なに!?」

「今日子は、いや、今日子と今日子の親父《おやじ》の安曇宗一郎は、おれにゆすられてたんだよ」

「なんだと」

成瀬は、腫れあがった唇に、ようやく笑みを浮かべることができた。

成瀬は、手を伸ばして、おれを縛っているロープをほどき始めた。

別に、ロープをほどいたから、ここから逃げられるというわけではないが、取りあえずの自由はやはりありがたい。

「まるでわからなくなってきたよ」

おれは正直に言った。

両手首のロープがほどかれ、おれは上半身を起こした。

「そうだろうよ」

おれの足首のロープをほどきながら成瀬がつぶやいた。

おれが、そのロープをほどいてもいいのだが、手の指の爪をいくつかむしり取られているので、とてもそんなことをする気にはなれなかった。

自由になったおれは、ふらつきながら立ちあがり、部屋の隅に放り出されていたおれの衣服を身につけた。

「安曇今日子と、安曇宗一郎をゆすっていたと言ってたな」

ジーンズのベルトを締めながら、おれはベッドに腰を沈めた。

おれの左横に、成瀬が座っている。

「ああ、言った」

「どういうことだ？」

おれが訊くと、成瀬はおれを見、少しの沈黙の後、唇を開いた。

「安曇今日子は、ドラッグをやってたんだ」

「ドラッグ？」

「大麻さ――」

言ってから、

「もっとも、おれが、今日子に大麻を教えたんだがな――」

「ほう」

「で、それをネタに、あの父娘をゆすったのさ」

「映画の主役をよこせとか――」

「今日子のほうにはな」

「親父のほうは？」

「金さ。娘が大麻をやっていることを公表されたくなかったら、一千万よこせとな」

「――」

「それで、その交渉がもうすぐまとまるはずだったんだよ。あんたと、早苗がよけいなことさえしなければな」

「ははあ」

「おれと話をまとめても、あんたの写真を公表されたんじゃ意味がない。ただの男と女のスキャンダルならともかく、ほじくられるうちに、大麻の線まで浮かんでくる。おれは、もう警察に眼をつけられてるんだよ。大麻のほうじゃな。そのおれとつきあっていたとなればいやでも、今日子も追及される――」

「そりゃあそうだ」

「それで、今日子のやつが、昨夜のことを親父に連絡したらしいんだ。土建屋あがりでな、安曇宗一郎は。荒っぽい連中にも顔が利くんだよ。それで、荒っぽい手段でカタをつけに出たんだと、おれは思ってるんだがね」

「かなり見えてきたよ――」

「早苗も捕えられたらしいな」

「ああ。このマンションのどこかの部屋だろう」

「馬鹿な女だ」

「馬鹿？」

「おれと手を切るいい機会だったのによ」

「――――」

「それを自分のほうから面倒を起こしやがって――」

吐き捨てた。

「咬ませ犬というのを知っているか――」

ふいに、成瀬が言った。

「咬ませ犬？」

「闘犬でさ、自分の犬に勝ち癖をつけるために、弱い犬を負け役であてるんだよ。その弱い犬が咬ませ犬さ」

「知ってるよ」

おれは言った。

前にも何度か言ったが、おれも、キックのリングで、咬ませ犬の役をものの見事に演じさせられたことがあるのだ。

「おれは、ずっと長い間、その咬ませ犬だったんだ」

「――――」

「映画の脇役なんてのは、皆、その咬ませ犬なんだよ。ようするに、主役を引きたてるための、文字通りの脇役さ。手を抜いても、主役より目立ってもいけない。よく、脇役が主役を喰うなんてことが言われるがね、あれは嘘さ。脇役は脇役なんだよ。主役を喰ってもいい演技をしてもいいのは、一本の映画でもほんのひとりかふたりさ。負け犬の遠吠《とおぼ》えに聴こえることは承知だがね――」

「遠吠えか――」

「その咬ませ犬から、ようやくおれは抜け出す機会を造ったんだ」

「かなり荒っぽいやり方でだろう――」

「そういう方法が、おれのやり方なんだ――」

「加寿美早苗はどうなんだ？」

「早苗か――」

「あれも、あんたにとっては脇役だったのか――」

「――――」

成瀬は沈黙した。

「少しは心が痛むか」

おれの問いに、成瀬は答えなかった。

別のことを口にした。

「奴等、あんたの撮ったフィルムを、必死になって捜してるぜ――」

「へえ」

「もうどこかの雑誌社に送っちまったんじゃないかってな」

「まだ雑誌には持ち込んじゃいないよ。そんな時間はなかったんだ」

「どこに隠したんだ」

「車の中さ」

声をひそめて、おれは言った。

「車の中？」

「あの晩、〝ハニー・ホール〟の前の通りに、ジムニーが停まっていたろう。奴等と争って倒れた隙に、排気口の中にフィルムを隠したのさ――」

言ってしまってから、おれは、どきりと心臓を鳴らしていた。

冷たいものが背筋を疾《はし》り抜けた。

おれを見つめていた、濁った成瀬の眼の中に、一瞬、喜悦の光がきらめいたからであった。

すっと、おれを見つめたまま成瀬が立ちあがった。さっきまでの、弱々しい成瀬の動きではなかった。

「成瀬！」

おれも、叫んで立ち上がっていた。

「かなりの演技だったかな」

成瀬が言った。

普通の声にもどっていた。

「きちんと安曇宗一郎父娘《おやこ》のことまで、ほんとのことを言ったわけだし、なにしろ、本気で顔を殴らせたんだ。多少のメイクはしてるがな」

「てめえ！」

歯を噛み締めて、おれは吠えた。

指の痛さも忘れて、成瀬の顔面に、おもいきりパンチを叩き込んでいた。

会心のパンチだった。みごとに成瀬はふっ飛んでいた。

倒れた成瀬になおもパンチをぶち込もうとした時、ドアが開いて、おれは、数人の男に押さえ込まれていた。

身体中に激痛が走ったが、おれは悲鳴をあげなかった。

闘犬の世界では、悲鳴をあげることは、そのまま敗北のしるしだったからである。

12

おれは、ベッドの上に仰向けになったまま、とんまな自分を呪《のろ》った。

おれの横で、おれの左肩に頭を乗せて、芙美江が眠っている。

いずれ、おれの車を見に行った連中がもどってくる。その時、奴等が、フィルムを手にしていれば、それでゲームアウトである。

しかし、完全に望みが失《な》くなったわけではない。

すべては、警察署の愛すべきおまわりさんたちの勤務ぶりにかかっているのである。

運さえよければ、フィルムは、黙っていても警察が別の場所に運んでおいてくれるはずであった。

何しろ、おれがジムニーを停めておいたあの場所は、駐車禁止の場所なのだ。

自分の車が、レッカー車で運ばれていることを、こうまで祈った人間というのは、おれの他《ほか》にはいないに違いない。

何度も繰り返し同じことを考えていると、ドアの向こうに足音がして、ドアが大きく押し開けられた。

三人の男が入ってきた。

ひとりは成瀬で、ひとりは、おれをぶん殴ったあのボクサーあがりの男だった。

もうひとりは、やけに高級そうな背広を着た男だった。濃紺の地に、白いストライプが入っている。

一見は優しそうな顔をした初老の紳士だが、この男が、おれの爪が引きはがされるのを今とまったく同じ優しい眼つきで見つめていたことを思うと、外見というのはまったくあてにならないことがわかる。

「たった今、電話がありましてね――」

その紳士が、初めて唇を開いた。

声まで優しかったが、成瀬とお知り合いの筋者のおエラ方であることは間違いなさそうだった。

「あなたの車の中に、フィルムはなかったそうですよ」

「車が見つかったのか――」

おれは上半身を起こした。

「きちんと、警察が、近くの駐車場であずかっていてくれましてね。その駐車場まで行って、部下が排気口の中を調べたんですが、フィルムはなかったと報告がありました」

おれは、驚いた表情を浮かべそうになるのを、あやういところでこらえた。しかし、それがうまくいったかどうかはわからない。

「へえ――」

「まさか、嘘をおつきになったわけではないでしょうね」

「生まれてから一度もないよ」

おれは、もっともポピュラーな嘘をついた。

紳士の顔に、凄い微笑が浮いた。

やはり身体をおこした芙美江が、おれの後方からしがみついている。

「今、車を停めてあった場所から駐車場までの道を、フィルムが落ちてないかどうか、歩いて捜させている」

成瀬が言った。

「御苦労なこった」

言いながら、おれは、何が起こったのかを必死で考えていた。

レッカー車で運ぶ時には、前輪を持ち上げて、後輪を路面につけるかたちでひいてゆく。その時、排気口からフィルムが落ちる可能性は充分に考えられる――。

しかし、もしそうだとすれば、もはや、おれに打つ手はない。

あとはせいぜい、殺されるまでに何人ぶん殴れるかぐらいである。

その時であった。

ふいに、マンションの玄関と思われるあたりに、荒っぽい怒声が沸きあがった。

「サツだ！」

そういう叫び声があがった。

紳士も、成瀬も、そしてボクサーあがりの男も、後方を振り向いた。

その機会をおれは逃がさなかった。

なんで警察が来たのかどうかはともかく、とにかく奴等をぶん殴る最後の機会であることにかわりはない。

おれは、ベッドの上からおもいきり跳躍《ジャンプ》して、紳士の横面《よこつら》を蹴り飛ばしていた。

着地してよろめいたおれに、ボクサーあがりのパンチがふっ飛んできた。

おれは、ガードをしなかった。ありったけの力を込めて、男のこめかみに向けて、右の回し蹴りを跳ねあげていた。

おれの爪先が、男のこめかみにヒットするのと、おれの頬に拳がぶち込まれたのとほとんど同時だった。

おれの視界がまっ暗になっていた。

意識がはじけ飛んだのだ。

いつか、リングでノックアウトされた時のあのかんじだった。

いい気分だった。

何しろ、おれの右足は、こき味いいくらいの衝撃を覚えていたのである。たっぷり、おれの倍は、相手の男にダメージを与えたことがわかっていたからだ。

どんと、おれの肩が床にぶつかった。

上下の感覚がなかったから、それは、壁だったかもしれない。

部屋に、大勢の人間が入り込んでくる足音を耳にしたのが、最後だった。

おれは、気持よく気絶していたのである。

13

気がついたおれが、最初に眼にしたのは、心配そうにおれの顔を覗き込んでいた木野原英子の顔であった。

「滝村さん——」

泣きそうな顔になっていたが、明らかにほっとした表情が、その顔にはあった。

おれが最初にやったのは、大きく顔をしかめることであった。

思わず動こうとし、身体中に痛みが走ったのである。

「ここは？」

おれは言った。

「病院よ」

英子が言った。

おれは、ゆっくり周囲を見まわした。

白っぽい、病院特有の部屋であった。

個室である。

ベッドがあって、男と女がふたりきりだ。

「残念だな」

おれは言った。

「病院でなくて、ここがホテルだったらくどけるのに」

「ばか」

英子が言った。

「どうなったんだ、おれは――」

「まる一日、眠っていたのよ」

「へええ」

「心配したわ」

「つきっきりでいてくれたのかい」

「ええ」

「まだよく状況が呑み込めていないんだが、教えてくれるかい」

「安曇今日子が、自分で警察に出頭したのよ」

「なに――」

おれは思わず声を高くして、また顔をしかめた。

「さすがね、彼女は――」

英子がつぶやいた。

英子の話によると、こういうことであった。

あの晩、おれを待ち伏せていたのは、成瀬の仲間たちだけではなかったのだ。

安曇今日子自身が、個人的におれと話をつけようと、通りのどこかに身を潜めていたのである。

今日子がおれと芙美江に声をかける寸前に、成瀬の仲間の男たちが現われて、それで今日子はなりゆきを見ていたのだという。

フィルムを、おれが隠すのも彼女は眼にしていた。それで、おれと芙美江とが連れ去られた後、ジムニーの排気口からフィルムを取り出し、一度自宅に帰ってから、警察に昼頃出頭した。

自分が大麻をやっていたことも、成瀬と、成瀬の仲間のヤクザから自分と父親とがゆすられていたことも、皆警察にしゃべったのだという。

「見て――」

英子が、おれの前に新聞を投げ出した。

朝刊のスポーツ紙であった。

「これは――」

おれは、その新聞を手にとって、呻いた。一面に、おれが撮った、安曇今日子と成瀬がラブホテルから出てくる写真が大きく掲載されていたからである。

しかも、安曇今日子の手記まで載っていた。

「すごいわね。彼女、自分のスキャンダルまで、徹底して利用するつもりなのね――」

「そうか――」

おれはようやく納得してつぶやいた。

彼女が大麻をやっていたにしろ、それは成瀬に無理にすすめられてのものである。しかもその成瀬にゆすられていたとあっては、立派な被害者だ。罪も軽くてすむ。

ましてや、アイドルタレントのわけではないし、いずれ公になるものならと、自分で自分のスキャンダルを新聞に売り込んだのだろう。

その上で、警察に出むいたのだ。

新聞には、警察に出頭する安曇今日子の写真まで載っていた。

手記には、〝世間を騒がせたおわびに、自分ができることは、映画を造ることしかない〟という意味のことが書かれてあり、もし今予定されている映画を、引き続きプロデュースできるものなら、ヒロインの役に、加寿美早苗をつかってみたいという意味のことまで書かれてあった。

芙美江が、安曇今日子の申し出を受けるかどうかはおれにはわからないし、安曇今日子が映画の仕事を続けられるかどうかもわからない。

いや、少なくとも、今回はだめとしても、いずれ、安曇今日子は間違いなく復帰するだろうとおれには思われた。

まことに凄まじい女だった。

「凄えな」

おれは、新聞を放り投げてつぶやいた。

「何が凄いの？」

「女がさ。それに比べりゃ、男なんて可愛いものさ——」

本音を言った。

「その凄い女が、ちゃんとあなたの下《しも》のお世話までしてあげたのよ」

「え」

おれがとんまな声をあげると、英子は、笑っておれを睨んだ。

「その女というのは、看護婦なんだろう？」

おれは言った。

英子は、とぼけるように笑ってみせただけだった。

「おい」

なんとしても、その事実を確かめなくてはいけないと、おれは思った。

それは、いつか、彼女を本気でくどいてみたいと思っているからだ。

見られているのといないのとでは、くどき方が、まるで違ってくるからである。

ボスとしてでかい顔ができなくなるからである。

ボスよりも稼ぎがいい上に、でかい顔までされたりしたんでは、たまらないではないか。

1/60秒の報酬

1

おれの名前は滝村薫平《たきむらくんぺい》。

カメラマンである。

それもただのカメラマンではない。

過激屋体力派カメラマンということで、業界筋では名が通っているらしい。

らしい、というのは、おれ自身が自分のことをそう呼んでいるわけではないからだ。

誰《だれ》かが勝手にそのような呼称を、おれの上にくっつけているのである。

注文があれば何でも撮る。

それがおれの身上なのであって、これまで仕事を断ったことなどは、数えるほどしかない。

第一、仕事などを断っていたら、次からお呼びの声がかからなくなってしまう。今日び、カメラマンなど掃いて捨てるほどいるのである。

貧乏性のおれとしては、ついつい、仕事を選ばずに、引き受けてしまうのだ。節操がない上に臆病《おくびょう》なのである。

そうしているうちに、いつの間にか、体力派などという呼称を与えられてしまったのである。

腕で撮らずに体力で撮る――ようするに、おまえは阿呆《あほう》だと言われているような気がして、あまりいい気分ではないが、本人も自分のことはよく自覚しているので、あまり反発もできないのだ。

今、何しろおれの所に来る仕事というのは、まともではないものが多い。

ついひと月ほど前にも、それでひどい目にあったのだ。

おれ好みの元アイドル歌手が、惚《ほ》れた男に裏切られ、その怨《うら》みで、その男のスキャンダル写真をおれに撮らそうとしたのである。

その男というのは俳優で、おれも映画で見たことのある男だった。

その時撮ったフィルムのことで、おれはある場所に閉じ込められ、さんざ痛い思いをさせられた。

爪《つめ》をペンチでむしりとられた時の痛みは、感動的なほどであった。

その時の傷は、むろんまだ残っている。

シャッターを押す指の爪が無事だったことは奇跡的であった。

ところで、ひとつお訊《き》きしたい。

人気《ひとけ》のない、深夜の、丹沢山中の林道で、若い女とドライブしたことはおありだろうか。それも、ただの女ではない。全裸に近い状態の、とびきり肉付きのいい女である。好みの問題は別にして、おまけに美人とくれば、そう誰もが体験できることではないはずだ。

今のおれは、まさにそういう状態にあるのだ。

だが、羨《うらや》ましがる必要はまるでない。

本当だ。

何もおれは、その彼女といいことをした帰りでもなければ、現在いいことをしているわけでもないし、これからいいことをしに行くわけでもないからである。

三十代に両足をのっけたおじさんとしては、楽しいデートに、若い女をこんな場所まで連れて来はしない。

これからくどいてデートの約束をしてもいいのだが、とりあえず、今はそんな雰囲気ではないのだ。

何故《なぜ》なら、おれたちは今、追われている真最中なのである。

追ってきているのは、男が三人である。

それも、ただの車で追ってきているのではない。

ランドクルーザである。

おれの乗っているジムニー一〇〇〇の、三倍以上の排気量があるのである。

そのヘッドライトが、すぐ後方に迫っている。

林道は曲がりくねっていて、とてもスピードを出せる状態ではなかった。もっぱら、このカーレースの行方は、おれと、後方のランクルの運転手との腕にかかっているのだ。

ブレーキングと、ハンドルテクニックの勝負である。

今のところは、おれの方が先頭を走ってはいるが、それはあたり前なのだ。この林道は狭くて、後方から、前の車を追い越すことなどとてもできないのだ。

いくら追いついても、後方にぴったりくっつくことしかできないのである。

追いついても、車を止めて何かをしようとすれば、たちまち、おれのジムニーが先へ行ってしまうから何もできない。

時おり、道幅の広い場所に出ても、道の中央をおれが走っている限り、そうは抜けないのである。

おれの恐怖は、まだ人里が遠いうちに、追い越しをかけられる広い道に出てしまうことである。

対向車が来るのなら、その方がまだありがたい。

それは、追って来る方にもあるだろう。

彼等《かれら》にしてみれば、この車が人里に出るまでになんとかしたいと、切実に思っているだろう。

背後から迫ってくる、ごうごうというディーゼルエンジンの音が、おれには獅子《しし》の咆哮《ほうこう》のように聴こえた。

まるで、ライオンに追っかけられている犬っころのような気がしてきた。

時おり、脅しをかけるように、左右にヘッドライトが移動する。追い越せないはずなのに、追い越すぞと脅しているのである。

左右に、背後のヘッドライトが動く度に、その強烈な光が、ジムニーの車内を舐《な》めまわしてゆく。

あげたライトが眩《まぶ》しかった。

後方の男たちは、なんとかおれにハンドルを誤まらせようとしているのである。

谷へ落ちるか、崖《がけ》に頭をぶちあてて止まるか、それが彼等には最良の事態なのであろうが、それは、こちらにとっては最悪の事態でしかない。

ライトの眩しさを避けるために、ルームミラーの角度を変えたいのだが、そうすると、彼等が何かを仕かけてきてもまるでわからなくなる。

その方がかえって不安であった。

ハンドルを左に切る。

ジムニーの尻《しり》が大きく右に流れる。

おもいきりアクセルを踏み込む。

ぐん、と車体が次のカーブに向かってぶっ飛んでゆく。

その時であった。いきなり後方のランクルがスピードをあげて、斜め後方からジムニーの尻に、バンパーをぶちあててきた。

がくんと、ジムニーが回って、左側の崖が眼《め》の前に飛び込んできた。

ブレーキングしながら、おれはハンドルを右に切っていた。

左に振れたジムニーの尻が、崖の岩をこすった。

女が声をあげた。

いったい何万円の修理代がふっとぶのか、ちらっとそんなことがおれの頭をかすめた。

彼等が、初めて強引な手に出てきたのである。

女が、おれにしがみつきたいと思っているのが、おれにはよくわかった。しかし、おれはハンドルを握っている。その腕にしがみつくのをやっとこらえているらしい。

おれだって、ハンドルではなくて別のものを握りたい。

まったく、おれときたら、どうしてこうとんまな役まわりばかりが回ってくるのだろう。

おれは何ひとつ悪いことはしていないのである。

ただ、山の中で、悪い男の子に苛《いじ》められている女の子を助けてあげただけなのだ。

2

おれは、その時、コーヒーを飲んでいた。

喫茶店でもなく、六本木のスタジオでもない場所――深夜の山の中である。それも、おれより稼ぎのいいアシスタントの英子の入れてくれたコーヒーではない。

インスタントコーヒーである。

自分で入れたのだ。

みすぼらしいツエルトの中で、寝袋の中に下半身を突っ込んで、背を丸めるようにして飲んでいたのである。

丹沢――。

塔ノ岳の中腹を走る林道から、徒歩で、ほんの少し山の中に入った場所である。

おれの愛車、ジムニーを、籔《やぶ》の中に突っ込んで、ひと通りの山道具を持ち出して、ここにキャンプを張ったのである。

三月の始め。

山の夜はやたらと寒い。

ジムニーの中で眠ってもいいのだが、手足を充分に伸ばして眠れないので、よほどの寒さでもない限り、おれはできるだけ外で眠ることにしているのである。

山に入って、すでに四日が経《た》っている。

風呂《ふろ》に入っていないので、おれの身体《からだ》からは、もう異臭が立ち登り始めている。山の中を這《は》いずり回り、カメラやら三脚やら交換レンズやらを持って、カモシカの後を追っているのである。

二日目には、もう、おれの身体は追っている獣と似たような臭気を放っていた。

ツエルトの中に、おれの体臭と、コーヒーの芳香とが溶けている。なにしろ、本人にも異臭と感じられるくらいだから、他人にはもうたまらない臭《にお》いに違いない。

風呂にも入らず、このまま六本木のスタジオに帰って、いきなり英子に抱きついたら、彼女はどんな顔をするだろうかと、おれはそんなことを考えた。

ある雑誌が〝首都圏の野生動物〟などというグラビアページをやっていて、それの次のテーマが、丹沢のカモシカなのである。

そんな仕事が何でおれの所にまわってくるのか理解に苦しむが、これも、業界に知られてしまったおれの悪名のせいだろう。何でも撮ってしまうという節操のなさがまねいたことなのだ。

グラビアページ担当の編集者がひねくれていて、他にいくらでも適当な動物写真家がいるのに、それではおもしろくないと、なんでも屋のおれの所に仕事がまわってきたのだ。

どこかのライブラリーにでも行けば、そのくらいの写真は手に入ると思うのだが、それでは好みに合わないらしい。

まあ、そんな頑固な編集者がいるおかげで、こんなおれでもなんとか喰《く》っていけるのであるが。

本を読み、地元のハンターやら、動物好きの人間を、雑誌社のコネで紹介してもらい、色々と勉強して、山に潜り込んだのである。

もっとも、このおれも、山にも動物写真にもまったくのとうしろうではない。体力派などと呼ばれるくらいだから、山にもよく登っていたし、丹沢にも何度となく入っている。

イリオモテヤマネコの交尾写真だって、立派に撮ってのけたのである。

プロならあたりまえだが、押したシャッターの感触で、今、何分の何秒でシャッターが切れたのかまで正確にわかる。

まあ、それだけの実績がなければ、向こうもこのおれを選んだりはしない。

おれは、昔、顔なじみになった山小屋の主人などに話を聴いて、その後、山の中に入り込んだのである。

カモシカ、といっても鹿《しか》の仲間ではない。

牛の仲間である。

一般には高山に棲《す》むと思われているが、もともとはもっと低い山麓《さんろく》に棲む動物である。それが、人や犬や、他の獣に追われて、今のように、高山に棲むようになったのである。

それが、丹沢の場合、カモシカは、サンドイッチ現象と呼ばれる分布を見せている。

頂上に近い高山と、低山帯の山麓に鹿がテリトリーを持ち、その中間に、鹿にはさまれるようにして、カモシカが棲息《せいそく》しているのである。

日々、そのカモシカを追って、おれは、山の中を移動していたのである。

三月初めとはいえ、高山部には食料が少なく、鹿もカモシカも、夏場よりもそのテリトリーを下げてきている。

それは、おれにはありがたいことであった。

高度が低ければ低い分だけ、寒い思いをしなくてすむからである。

おれは、のんびりとコーヒーをすすっていた。

何頭かのカモシカが、この上、一〇〇メートルあたりの斜面をうろついているのを、夕刻、見ているのである。これまで、すでにかなりの量のショットをいただいており、明日いっぱいそのカモシカを追っかけて、それで今度の仕事を終りにするつもりでいた。

だから、インスタントとはいえ、うまいコーヒーを、おれはすすっていたのである。

山の中で独りでごろごろするというのも嫌いではないが、たっぷりと湯を溜《た》めた風呂に、鼻の下までつかるのも、おれは好きなのだ。

風呂で、顎《あご》の周囲に伸びてきた不精髭《ひげ》を、よく切れるカミソリで剃《そ》る時の快感を思うと、自然と顔がにんまりしてしまうのである。

あまり人に見せられる顔ではない。

中年になりかけのおじさんのにんまりは、どういうにんまりであっても、よからぬ妄想を抱いた時のにんまりと区別がつかないからである。

まあ、いい夜であったには違いない。

ハードではあったが、久しぶりに自分の体力測定をやれたわけだし、その結果も、まずまずの具合だった。前にせり出しかけていた腹も、二十代後半くらいの状態にまで引っ込んでいる。

外を吹く風の音を、ツエルト越しに耳にするのも久しぶりだった。

そのもの淋《さび》しげな感じもなかなかによろしかった。ブナの原生林の下にはえている、スズ笹《ざさ》の上を渡ってくる風の音も、おれは気に入っていた。

ほんとにいい夜だったのだ。

女の悲鳴を聴くまではである。

3

それは、高い笛のように、夜の風に乗って、おれの耳に響いてきた。
人の声とは思えなかった。
事実、初め、おれはそれを風の音だと思ったくらいである。
しかし、続いて響いてきたのは、明らかに意味を持った言葉であった。
〝いやあっ〟
と、高い声で、確かにそうおれの耳に届いてきた。
おれは、思わずコーヒーカップを置いていた。
それほど、今の声が真に迫って聴こえたのである。
——何事か⁉
キャラバンシューズをはいて、外へ出た。
冷たい大気が、森の斜面を動いている。
スズ笹の鳴る音が、ざわざわと森の中に満ちていた。
風が、森の葉を鳴らす音。

それらの音に混じって、女の、呻《うめ》き声ともすすり泣きともつかぬ声が聴こえていた。

おれの背が、ふいに緊張で強《こわ》ばった。

明らかに尋常でない気配が感じられたからである。

知らぬ間に、おれは低く腰を落として、周囲を見回していた。

声のする方向をさぐる。

その声は、おれのツエルトの入口の方角——つまり、斜面の上方を右にして、正面の方向から聴こえていたのである。

男の怒声があがった。

女の声が小さくなった。

それほど遠くない。

身体をさらに低くして歩きかけ、おれは立ち止まった。

手に何も武器を持ってないことに気がついたからである。

何があるかわからない。

相手は、この地球で一番凶暴な獣、人間であるからだ。

おれは、ツエルトの中に頭を突っ込んで、中を覗《のぞ》いた。

カメラ機材の約三分の一が、そこにあった。

三脚、35㎜〜80㎜のズームレンズを付けたニコンF3、ガイドナンバー24のストロボ、スピードライト。

おれは、三脚を手に取った。

アノラックをシャツの上に着込み、そのポケットに登山ナイフを滑り込ませた。

三脚は、ジッツオの頑丈なやつであった。

何しろ、機関銃の台座を造っていたという外国のメーカーの三脚である。

重い。

こいつで、おもいきりぶん殴れば、頭蓋骨《ずがいこつ》が陥没する。

ゆっくりと歩き出した。

腰を落とし、背を丸めている。

月が出ていた。

ほとんど葉が落ちた森の底に、ダイレクトに青い月光がこぼれ落ちていた。

ロマンチックと言えないこともないが、とりあえず、今はそんな気分にひたっている時ではない。

灯《あか》りを点《つ》けずに、なんとか歩くことができるのがありがたかった。

いくらも行かないうちに、灯りが見えた。

女の泣く声が大きくなっている。

おれは、四つん這いになっていた。

獲物《えもの》をねらう獣のように近づいて、大きなブナの根元の陰から、おれはその光景を覗いた。

そこには、三人の人間がいた。

ふたりが男、ひとりが女であった。

電池で点くランプが、近くの樹《き》の枝からぶら下げられていた。

年配の、頭がやや禿《は》げかかった男と、若い男であった。

禿げの男が、スコップを手にして、森の地面にそれを突き刺していた。

どうやら、これから穴を掘るつもりで、どのあたりの土が柔らかいのか、それを調べているらしい。

若い男の方が、女を犯していた。

痛々しいほど白い肌が、ランプの灯《ひ》をあびて、闇《やみ》に浮きあがっていた。

男の方が、革ジャンパーを着ているのに、女は、ほとんど全裸であった。

前を大きく開かれたブラウスらしい布きれを身につけているだけである。いや、足にはまだ靴をはいていた。

他の、女が身につけていたものは、今、女の背の下で、ベッドの代りになっている。男は、自分のズボンを下げただけで、女の上に乗ってしきりに尻を揺すっている。

無残な光景であった。

犯されている哀れさよりも、裸でこの冷たい外気にさらされていることの方が、おれには無残に思えた。

「ひろし、まだ終らねえのか――」

年配の男が、若い男に声をかけた。

ひろしと呼ばれた男が、顔をあげた。

手に、女の乳房をつかんでいた。

「まだだよ」

ひろしが答えた。

まだ、二十代半ばくらいのようであった。

もう、女は声も出してはいなかった。

「早くしろ」

「ちぇっ、親父だけ先にすませちまってよ。おれにもゆっくりやらせてくれよ――」

「馬鹿《ばか》が――」

「よう、親父《おやじ》よう」

ひろしが、尻の動きを止めて、親父に声をかける。

「なんだ」

「本当にこの女、殺《や》っちまうのかよ」

「ああ」

「もったいねえなあ」

「もうさんざやったんだろうが」

「だけどよ、いいケツしてるぜ、この女はよう」

「顔を見られてるんだ。生かしてはおけんだろう――」

「そうだよなあ」

言ってから、またひろしが尻を振り始めた。

どこか、頭がぬけているような口調であった。

よくわからないが、それでもいくらかはおれにも事情が呑《の》み込めていた。

ひとりの若い女が、これからここで殺されて、埋められてしまうことになっているらしい。

それがわかった途端に、おれはさらに頭を低くして、三脚を握りしめた。

心臓がつんがつんと胸を叩《たた》き出した。

――とんでもない現場を見てしまった。

あの娘を助けなければ――

そう思った。

しかし。

どうやって助ければいいのか。

ここには電話もないし、交番もないのだ。

おまわりさんを呼びに行っている間に、娘は殺されて、埋められてしまうのだ。

娘を助けるのなら、今しかない。

そして、どう考えても、娘を助けねばならない状況にいる人間は、おれひとりに決まっていた。

「何をしている⁉」

そう言ってのこのこ出て行っても、教えてくれるわけはないに決まっている。

「やめろ」

そう言って出て行っても、やめるわけはない。何だか知らないが、顔を見られたからといって、若い娘を殺すくらいだから、やはり同じようにこの現場を見た中年の男などは、ためらわずに殺そうとするだろう。

方法はひとつしかない。

事情も聴かず、よしなさいと言わず、忍び寄って、いきなりあのふたりをぶちのめしてしまうことである。

——だが。

それがこのおれにできるだろうか。

腕っぷしにはいささか自信があるが、街のケンカをやるのではない。生命《いのち》をかけたケンカをしなくてはならないのだ。

街のケンカなら、互いに多少の手加減は無意識のうちにしているのだが、これからやるケンカはそうではない。

いきなり、眼の中へ指を入れてくるかもしれないのである。

なお、おれが不利なことには、おれにはあのふたりを殺してまでという気はないが、あのふたりはおれを殺してまでとかかってくるに決まっている。

どちらが有利かは考えるまでもない。

それに、相手はふたりである。

娘を人質にとられた場合も、おれには手も足も出ない。

いくら、プロのキックボクシングのリングにあがったことがあるといっても、このおれが躊躇《ちゅうちょ》したことを批難しないで欲しい。

相手の実力もわからないし、他に仲間がいるかどうかもわからないのだ。

ひとりだけなら問題はない。

しかし、相手は最低でもふたりだ。

いきなりひとりをぶちのめせても、次の男とは、タイマンをはることになる。それに、いっきに最初の男をぶちのめせなかったら、ふたりを一度に相手にすることになるのだ。

一番いい方法は、やはり、おまわりさんを呼びに行くことである。

しかし、おれは、なけなしの勇気をふりしぼった。

しかたがなかった。

おれは臆病な人間なのである。

ここで女を見殺しにした後悔を背負って、一生楽しく酒が飲めるほど、腹が太くないのである。

それに、まるっきり可能性がないわけでもない。

ひろしが、女とやっているうちに、もうひとりの親父をかたづけてしまえば、なんとかなりそうだった。

何しろ、膝《ひざ》までズボンを下ろした男が立ちあがって、足をもつれさせながら、

〝おまえを殺す〟

と襲ってきても、それほどは恐ろしくない。

問題は、何秒で、親父をぶちのめせるかであった。

おれは、三脚を握りしめ、覚悟を決めた。

その時であった。

「ひろし、おめえ、スコップをもうひとつ持って来なかったのか――」

親父が言った。

ひろしが、また顔をあげた。

「なんだよう、もうちょっとだったのに。邪魔をするからなかなかいかねえじゃんかよう――」

「スコップはどうした」

「持ってこねえよ、そんなの」

「車の中に積んできたろうが。おめえ、年寄に全部穴を掘らせるつもりか――」

「なんだよう。親父こそ、さんざ、この女の穴をほじくったくせによう」

ひろしの言葉に、親父は、ちっ、と唾《つば》を吐いた。

「スコップを取りに行ってくる。いいか、それまでにすませて、女を裸にして、そこらの樹にでも縛っておけ。靴下も残すんじゃないぞ。着ていたものは、あとでみんな焼きすてるんだからな――」

「わかったよう」

「首を絞めて殺す。そのあとで、歯もみんな叩き折ってから埋める。歯を残しておくと、あとで死体が発見された時に、身元がわれるからな」

凄《すご》いことを言ってのけて、親父は下へ向かって歩き出した。

歯でなければ身元を確認できない死体の有様を、おれはリアルに想像してしまった。

親父は、歩き出して、すぐに立ち止まった。

振り返る。

「いいか、下のたかしには、わしらがまた女をやったなんて言うなよ」

「わかったってば。兄貴にゃ黙ってるよう」

「よし」

そう言って、親父が下りて行くのを見とどけて、おれは、ぶるっと武者震いをした。

相手が三人になったことがわかったからである。

おそらく、機会《チャンス》は今しかない。
おれは、ゆっくりと、ひろしの後方にまわった。
すぐ近くまで這ってゆき、三メートル手前でおれは立ちあがった。
声をあげずに、残った距離をいっきにつめた。
三脚を振りかぶり、後方を振り返りかけたひろしの頭めがけて打ち下ろした。
鈍い手応《てごた》えがあって、ひろしが転がった。
頭を押さえて、あそこをおっ立てたまま仰向《あおむ》けになった。
「いてててて——」
声をあげた。
「何すんだよう」
呻きながら言う。
射精した。
あきれた男だった。
普通の人間なら気絶しているはずの一撃である。
しかし、頭を押さえたまま、立ちあがってこようとはしない。
おれは、女の手を取って立ちあがらせていた。

「死にたくなかったら、死ぬ気でおれについてこい」

とんまなフレーズを、女に向かってどなっていた。

4

「何があったんだ」

おれは、助手席で、おれのアノラックを素肌の上に着ている女に向かって言った。

必死でハンドルを動かしながらの会話であった。

「誘拐されたのよ」

女の声はまだ震えていた。

寒さのためではない。ヒーターのスイッチはいっぱいに強にしてあるのだ。

「誘拐――」

「あの親子、土建屋をやってたらしいんだけど、それがうまくいかなくて、お金をどこから借りたらしいのよ。そのお金を返せなくて、それで誘拐を思いついたらしいわ」

「あのふたり、いや、三人か――」

「そうよ」

「よほどあんたの家は金持ちらしいな」

ぶつけてきたランクルのバンパーを、ハンドルテクニックでかわしながら、おれは言った。

「父が、鳴海製薬の副社長をやってるの——」

「へええ」

おれは言った。

鳴海製薬と言えば、業界でも五本の指に入る企業である。

「それが、昨日、お金の受け渡しに失敗したみたい——」

「——」

「刑事が現場に張り込んでたって、三人が凄い顔をしてもどってきたわ。だいぶ追っかけまわされたみたい」

「ほう」

「それで、警察が、公開捜査に踏み切ったのよ。わたし、自分の顔がテレビに出てるの初めて見たわ」

「知らなかったよ」

おれは言った。

「新聞もあんなに騒いでるのに——」

「ずっと山の中でね、カモシカの尻を追っかけてたんだ」

「カモシカ？」

「カメラマンなんだよ」

おれは言った。

ツエルトの中に残してきた、カメラ機材やフィルムのことが、ちらっとおれの頭をかすめた。

「だが、それでわかったよ。やつらが、あんたを殺そうとしてる理由がね」

「だいじょうぶ？」

怯《おび》えた声で女が訊いた。

「このまま人里に出ることができればね」

おれは言った。

いつもなら、鼻の下を長くするところだが、さすがに、今はおれの唇はひきしまっていた。

「あんた、いくつだい」

「十九歳――」

さっきの、この女がやられていた光景がおれの頭に浮かんだ。

ふたりの口ぶりでは、親子三人でさんざこの若い女の肉体を貪《むさぼ》ったのに違いない。

「糞《くそ》！」

おれは、歯を噛《か》んで呻いた。

恥知らずにも、嫉妬《しっと》の心が沸いてしまったのである。

断じて、後方の三人を許したくなかった。

「どうしたの？」

「もし、無事だったら、お姫様はナイトにキスしてくれるのかどうか、それを考えてたんだ」

おれは嘘《うそ》をついた。きざにも冗談にもまるで聴こえない台詞《せりふ》だった。

「ね、それ――」

と、女が言った。

「なんだ」

おれは訊いた。

「それよ。それ、ガソリンメーターじゃないの？」

女の言葉に、おれの背に、寒気が走り抜けていた。

ガソリンメーターの針が、もののみごとにE——エンプティまで振り切っていたのである。

——なんてこった。

おれは呻いた。

おれは、ジムニーのガソリンが失《な》くなっていたことを、ころっと忘れていたのである。

荷台に、二〇リットル入る携帯用のガソリンタンクが積んであり、そしてその中には入口までいっぱいにガソリンが入っているのである。

山に入る時には、いつもそのタンクを積んでゆくのだ。

しかし——。

おれは、明日、出発する時に、そこからジムニーのガソリンタンクに、ガソリンを移しかえるつもりでいたのである。

それを今まで忘れていたのだ。

しかし、気がついていたとしても、とてもガソリンを入れている余裕はなかったのだ。なにしろ、林の中から、バックで林道に出た時には、もう、後方にランクルのへッドライトが見えていたのである。

「どうするのよ――」

女が、おれの腕をつかんだ。

どうするのか、それを今、おれも必死で考えているところだった。

5

「車の運転はできるかい」

おれは女に向かって言った。

「できるわ」

「何を運転している？」

「ムスタングよ」

女はほろりと言ってのけた。

「ムスタングか!?」

おれは、女の言葉を繰り返した。

これでは、金の欲しい連中に眼をつけられるわけだ。

「ならば、この車の運転くらいはできるだろう」

「ええ」

「追い越されないように、道のまん中に車を止める。そこで運転を代ってくれ」

「え――」

「大丈夫だ。素早くやればいい。やつらが車を降りてくるまでに発進すればいい――」

できることなら、走らせながら代りたかったが、それをやるのは危険すぎた。

「わかったわ」

女がうなずいた。

「よし、やるぞ」

おれは、直線コースに入ったところで、ブレーキを踏んだ。

ジムニーが止まった。

がつんと衝撃があった。

後方のランクルが、ぶつかったのだ。

おれは、転がるように後方の荷台に移動した。

女が、運転席に入る。

その時、また衝撃があり、ぐうっとジムニーが動いた。
ランクルが、ジムニーを押しているのである。
すぐ先にカーブがあり、岩の壁が迫っている。
その岩とランクルとの間にジムニーをはさんで動けなくするつもりらしい。
「早く！」
おれは叫んだ。
ジムニーのバンパーが、前の岩にぶつかる寸前で、ジムニーが発進していた。
凄い勢いで飛び出していた。
横腹を、岩にこすりながら道の中央にもどった。
「いいぞ！」
おれはいいながら、カメラの機材の入ったバッグを開いた。
ナショナルのストロボを取り出した。
ガイドナンバー36の強烈なやつだ。
それを、フィルムの入っているニコンFⅡにセッティングする。
レンズは24㎜。
おれは、車内にまで持ってきたあのジッツオの三脚を両手に握った。

歯を喰いしぼった。

リアウィンドウを睨《にら》む。

さすがにためらいがあった。

しかし、迫っているヘッドライトを見て、決心がついた。三脚のヘッドを、おもいきりリアウィンドウに叩きつけた。

凄い音がした。

「何をしたの？」

女が言った。

おれは返事をしなかった。

何度も三脚を叩きつけた。

涙が出そうだった。自分の愛車を自分でぶちこわすのはたまらない。

これまで、バットでボンネットをべこべこにされたこともあった。

素手で屋根をでこぼこにされ、同じリアウィンドウを頭突きで割られたこともあった。しかし、それは、自分ではなく他人がやったのだ。

すっきりと見通しのよくなった窓から、おれはランクルを睨んだ。ヘッドライトがまともにおれの顔にあたっている。こちらからは見えないが、向こうからはおれの顔が見えているに違いない。

おれは見られているのを意識して、かなりひきつってはいたろうが、もの凄い笑みを浮かべてやった。

三脚に、ストロボをセットしたカメラを取りつけて、三脚の脚をいっぱいにのばす。

その間にも、ランクルがバンパーをぶつけてくる。

そして、おれは、三脚を握りしめて待った。

次に、ランクルがバンパーをぶつけに来るのをである。

ランクルのヘッドライトが、ぐっと迫った。

そのタイミングを見はからって、おれは、セルフタイマーを、二秒あたりにセットした。

スイッチを押して、カメラとストロボを付けた三脚のヘッドを、おもいきり後方に突き出した。

ヘッドライトの光芒《こうぼう》を見ながら、それが、ちょうど運転席のまん前に来るように突き出した。

強烈な光芒が閃《ひらめ》いた。

一瞬、運転席にいるたかしと、助手席にいる親父の顔が浮きあがった。

二万分の一秒。

その瞬間の光景が、おれの眼にやきつけられていた。

後部席から、血みどろの顔を前に突き出しているひろしの顔も見えた。

凄《すさ》まじい顔であった。親父は、歯をむいて、眼を血走らせて、おれを睨んでいた。

たかしの顔も、鬼の顔をしていた。しばらくは、悪い夢に出てきそうな光景だった。

フェイドアウト。

その次の光景は、おれの眼には見えなかった。

一瞬、眼の前が、まっ暗になったようであった。

おれがそうであったから、ストロボを顔前に突き出されたたかしは、眼のたまをげんこでぶん殴られたような衝撃を味わったろう。

ランクルのヘッドライトが、ぐうっと右に振れた。

続いてけたたましいブレーキ音。

ランクルのヘッドライトが、大きく闇の中で回転して、すぐに見えなくなった。

一秒も間を置かずに、谷の斜面を転げるランクルの音が響いた。谷の斜面にはえている立木が、音をたてて揺らいだ。

「止めろ！」

おれは言った。

女も、今の光景をルームミラーで見ていたらしい。

すぐにジムニーが止まった。

「助手席にもどっていろ」

おれはそう言って、窓から外に飛び出した。

ランクルは、谷の途中の数本の樹の間に、不様な格好で止まっていた。

ヘッドライトが、天を睨んでいる。

「痛えよ、痛えよ――」

あきれたことに、ひろしの声だけが、下方の闇の中から聴こえていた。

女が、いつの間にかジムニーを降りて、おれの横に立っていた。

「血よ――」

女が言った。

言われて、おれは顔を拳《こぶし》でぬぐった。

その拳が赤く血で濡《ぬ》れていた。

窓を割った時に、ガラスの破片で切ったらしい。

「――」

つ、と、女がおれの傍《そば》に寄った。

おれにしがみついてきた。

その身体が震えていた。

それで、やっとおれは、女の肩に優しく手を回してやるという役を、やることができた。

「血——」

と、女が言った。

おれが、女に振り向くより先に、女がおれの頬《ほお》に唇をあてた。

一瞬のことであった。

血を、唇で吸い取ろうとしたのか、車の中でおれが言った、ナイトとお姫様の話を思い出したのか、それはわからなかった。

しかし、おれにわかっていることがひとつだけあった。

それは、女の唇がおれの頬に触れていた時間である。

それは、きっかり、1/60秒であった。

ハイエナの夜

1

中年のおじさんは、いやらしい。

いや、それは中年のおじさんに限らない。男ならわかるだろうが、たいていの男は、中年であるか青年であるかを問わず、まあ、いやらしくできあがっているのである。

つまり、いやらしいというのは、平均的な男にとってはきわめて普通の状態であることになるのだが、今のおれは、その平均値を上まわっていやらしい状態になってしまっているのである。

切ない。

いい女と三日三晩をふたりきりで過ごしながら、これまで何も手出しをしないという不健全さは、男として、おれはおれを許しがたい。

おれは、焚火《たきび》を見つめて、やるせない溜息《ためいき》をついた。

——夜。

山の中である。

六月の南アルプスだ。

標高は一五〇〇メートルを越えているはずだった。

ブナの原生林の中だ。

谷の斜面の平《たいら》な場所を見つけてキャンプを張っているのだが、それでも完全に地面が平であるというわけではない。

闇《やみ》の下方から水を含んだ風が昇ってくる。

その風に、谷川の瀬音が混じっている。

斜面のすぐ下方に、水が流れているのである。

頭上では、ブナの新緑が揺れて、風が変わると、谷のあちこちにまだ残っている雪の匂《にお》いがふいに届いてきたりする。

深い山の奥だ。

ひんやりと空気は冷たく、勢いの衰えただいだい色の焚火の炎がちろりちろりと燃えている。

そこらから拾い集めてきた枯枝で焚いた火であった。

それで湯を沸かし、コッフェルでコーヒーを入れたのだ。

そのコーヒーの入ったコッフェルは、飲みかけのまんま、おれの登山靴の先の土の上に置きっ放しになっていた。

ついさっきまで、そのコッフェルからは、コーヒーの芳香が夜気の中に流れ出ていたのだが、今は冷たくなって、コーヒーのあの香りも漂ってはこない。

彼女は、焚火をはさんで、おれの向かい側に腰を下ろし、コーヒーの入ったコッフェルを両手で包んで、そのコッフェルに視線を落としたままだ。髪の長い優しい面《おも》だちの女だった。

おれは、また切ない溜息をついた。

実のところ、かなり期待しながらこの山の中にやってきたくせに、やってきてみれば、だらしがなくて女に手も出せないのである。

つんけんした女ではない。

あからさまにおれをこばんでいる風でもない。手を出せば、ささやかな抵抗はあるにしろ、その後にはきちんとおれの腕の中に身を寄せてくるに違いない風情も感じられるのである。

女の年齢は三十歳。

三年前に夫を事故で亡くしていて、今は独身の身の上だ。こういう場所へ、女とふたりっきりで来た男がどういう精神状態になるか、まるでわからないうぶな娘というわけではないのである。

三十歳のハードルをすでにクリアし、きちんとまっとうな中年への道を歩みつつある男として、断固、頭を持ちあげてくる欲望があるのだが、情けないことに、かたくなにおれはそれを押さえてしまっているのである。

おれのことを、馬鹿《ばか》と思う人間もいるだろうが、共感してくれる人間も少なからずいるに違いない。

欲情しているくせに、つい、欲情してないふりをしてしまうという、哀《かな》しいストイックな習性もまた、男の中には間違いなくあるはずだからである。

しかし、これまで押さえた分だけ、おれの中には欲情が溜っていた。

今夜ひと晩、彼女の色っぽい寝息を聴きながら、いいこでい続ける自信がおれにはなかった。

「見つかるかしら……」

ふいに、彼女がつぶやいた。

おれが顔をあげると、おれを見つめている彼女の視線とぶつかった。

どきりとするような、視線であった。

「どうかな」

　おれは言った。

「おれがあの写真を撮ったのは、この先の谷だ。今日、歩いてきた谷でも、あいつの姿を見かけている。運がよければ……」

「あなたは運がいい方？」

「どうかな」

　おれが言うと、彼女は、眼《め》を軽く伏せた。

「わたしは駄目ね。運のストックは、みんな使い果たしちゃったみたい……」

「運はともかく、あいつは間違いなくこの山域にはいるはずだ。いるならば、見つかるさ——」

　おれは言った。

　彼女は、顔をあげて、小さくうなずいた。

　並木悦子——というのが彼女の名前である。

　おれの仕事の依頼人だ。

　仕事といっても、今回は、おれの本職のカメラの仕事ではない。

　一頭の熊《くま》に、彼女を引き合わせるのが、今回のおれの仕事であった。

自己紹介がだいぶ遅れた。

おれの名前を言っておこう。

おれの名前は、滝村薫平《たきむらくんぺい》。

職業はカメラマンである。

知っての通り、カメラマンにも色々ある。

女や、女優ばかりを撮っているやつもいれば、街で拾った女の子のヌード専門に撮っているのもいる。戦争しか撮らない者もいる。

頼まれればおよそ何でも撮るなんでも屋から、コマーシャルフォト専門の者もいる。

山ばかりを撮るやつもいれば、街ばかりを撮る者、人間ばかりを撮る者、動物ばかりを撮る者、虫ばかりを撮る者、魚ばかりを撮る者、花ばかりを撮る者——およそ思いつく限りのカメラマンが、存在する。

しかも、個人が、自分のテリトリーだけでなく、色々とあちこちのテリトリーに顔を出したりもする。

スキャンダラスな写真ばかりを撮る者だって、たまにはのんびり花の写真を撮ったりもするのだ。

しかし、カメラマンは大勢いるが、写真を撮る技術を売っている人間がほとんどだ。

自分の個性や、ポリシーを前面に押し出した作品を売って飯を喰《く》っている人間はひと握りである。

そして、このおれは、そのどちらでもないプロフェッショナルのカメラマンである。技術を売っているわけでもなく、個性や作品を売っているわけでもない。

おれは、体力を専門に売っているきわめて珍しいカメラマンなのだ。

カメラマンに体力が必要なのは今さら言うまでもないが、業界内部で、密《ひそ》かに体力派カメラマンなどという本人にとってはあまり嬉《うれ》しくない呼称をつけられているのは、とりあえずのところ、おれだけのはずである。

カメラマンの中には、おれなどよりずっと体力のある人間だっている。食料や寝袋だけでなく、ジッツオのでかい三脚や、リンホフを担ぎ、ヒマラヤの山奥まで入り込んでしまう猛者《もさ》がいるのだ。

しかし、彼等《かれら》は、その体力にも増してみごとな写真を撮ってしまうため、体力派などとは呼ばれず、きちんとした山岳写真家として名をなしているというわけなのだ。

体力派などというのはまやかしで、実際のところは、使い捨てカメラマンなのではないかと、おれは少しひがんでもいるのである。

しかし、体力派という名を、大きな声で否定するつもりはおれにはない。たとえ嘘《うそ》にしろ、体力派などという他にはない通り名があるため、それでもほどよく仕事が舞い込んでくるからである。

むろん、体力派などと呼ばれるくらいだから、体力に、まるで自信がないわけではない。

三十代の平均的男子の体力をうわまわる体力くらいはあるつもりだ。

これでも、一度は、プロのキックボクシングのリングにあがったこともあるのである。

一ラウンド二分三七秒――ノックアウト負けというのが、その時の記録である。

ボクシングと空手を、学生時代に多少かじったことがあり、いいかげんな、とうしろうが相手なら、今でもつい鼻息が荒くなってしまうという、情けない性格をしている。

しかし、日々の鍛練を怠っているため、足が高くあがらない。相手のこめかみを蹴《け》るタイミングで繰り出した足が、肩口に当ってしまうというありさまである。

腹に溜ってきつつある脂肪が、気になっていて、鏡を見ると、つい、自分の姿を横から映して腹のあたりを眺めてしまうということになっている。

おれは、六本木に、小さなスタジオを兼ねた事務所をひとつ持っている。

事務所もスタジオも同じフロアで、撮影時に、椅子《いす》やテーブルを隅へどければ、そこがそのままスタジオになる。金をとって知り合いのカメラマンに貸すこともあれば、ヌード撮影や、商品撮影をすることもある。

実を言えば、スタジオの機材の何割かは、おれのものではない。照明や、ストロボのいくつかは、以前いた出版社の写真部から借り続けているものだ。

ついでに言っておくと、助手までひとり持っている。

木野原英子という、二十六歳の、やや気の強い女だ。好みにもよるだろうが、かなりの美人である。プロポーションなどは、そこいらのモデルよりはずっといい。

この英子は、助手のくせに、おれよりも仕事の注文が多い。

腕も才能もなかなかのものだ。

おれのところをやめてフリーになれば、かなりの収入になるはずなのだが、そうしようとはしない。

その理由が、おれにはわかっている。

彼女は、中年軍団に殴り込みをかけたばかりのこのおじさん――つまり滝村薫平に惚《ほ》れているのである。

やや気の強いところも、おれより注文が多いところも、みんな可愛い。

『激写春秋』の松浦などは、よく、平気でおれではなく英子に注文を出す。

「この仕事は、おまえではなく、英子ちゃんのぶんだからな」

電話に出たおれに、あの高い声で言うのである。

まるで、それでは、おれが英子の電話番ではないか。

まあ、よろしい。

それはともかく、おれが今、困っているのは、いい女とふたりっきりの山の夜を、これからどうやってすごしたらいいかということなのだ。

「あいつを見つけて、どうする？」

おれは、低く、並木悦子に訊《たず》ねた。

「わからないわ」

「わからない？」

「とにかく、今は見てみたいの。クロを――」

悦子は言った。

クロ――というのは、熊の名前であった。

そのクロを捜し出すために、おれたちは今、こんな山の中にまで来ているのである。

「クロだけが、今、わたしに残された槙原のかたみなんです」

「そうだったな」

　おれはうなずいた。

　今時、珍しいほど、古風な風情を身にまとった女であった。

　槙原というのは、三年前に交通事故で死んだ、並木悦子の夫だった男である。

　槙原守――。

　それが、この悦子の夫だった男のフルネームである。

　悦子も、結婚している間は槙原姓を名乗っていたのだが、夫が死んでからは、旧姓の並木にもどっている。

　クロは、その当時、槙原と悦子が、ふたりで飼っていた熊なのだ。

　ふたりは、当時、大井川林道を南アルプスの懐深くつめた山あいで、槙原ロッジという山荘を経営していた。そこで飼われていたのがクロなのである。

　槙原の死後、槙原ロッジを売り、悦子は東京にやってきた。

　現在は、東京で、小さな喫茶店を経営している。

　その彼女と、どうしてこんな山の中で、おれが切ない夜をすごさねばならなくなったのか――。

　それは、おれが、『激写春秋』に載せた一枚の写真がきっかけであった。

その写真の縁で、おれは、たて続けにふたりの人間と会うことになったのだ。

そのうちのひとりが、この並木悦子である。

もうひとりは男である。

島村雄二というその男は、悦子が訪ねてきたその翌日に、やはりおれを訪ねてきたのである。

おれが、その男の顔を思い出そうとした時、森の奥から、足音が近づいてきた。

堅い登山靴の底が、重く、森の地面を踏んでくる音であった。

「誰《だれ》か来る――」

おれは、つぶやいて、視線をそちらに向けた。

おれの位置からは左手方向の闇の中から、その足音は近づいてくる。

森の奥に、懐中電灯の灯《あか》りが、ちらちらと動いている。動きながら、近づいてきた。

白い花を咲かせた石南花《しゃくなげ》の木を、揺すって、ふたりの男が、そこからぬうっと姿を現わした。

まぶしい光芒《こうぼう》が、おれと、悦子の顔に直接向けられた。

「今晩は」

おれの知った声が響いてきた。

懐中電灯の灯りが反転して、闇の中に男の顔が浮きあがった。

男が、自分で、自分の顔を照らし出したのだ。

その時、おれは、今思い出そうとしたばかりの男の顔を、もう思い出す必要がなくなったことを知った。

そして、むろんのこと、ふたりっきりの夜の心配をする必要も、同時になくなったのである。

そこに、島村雄二が立っていた。

2

その時、おれは、かなり熱心に、ルーペを覗《のぞ》き込んでいた。

ライトテーブルの上に乗せられたフジクローム50の発色が最高で、女の肌の色がもう指で突っつきたくなるほど美しく出ていたからである。

今では、旧タイプの、マミヤRB6×7で撮ったやつである。

今をときめく女優の、泉小夜子のヌード写真である。

残念ながら、おれが撮ったものではない。

おれのアシスタントの、木野原英子が、半月、スタッフやこの泉小夜子とスリランカへ出かけ、そこで撮ってきたものだ。

これまで、特定の男にしか見せてなかったはずの小夜子の乳首までが、きちんと写っている。

売れなくなった女優が、苦しまぎれに脱いだのではない。

清純派でこそないが、個性的で、自然な演技をすることのできる女優である。映画の仕事もきちんとこなし、ほどのよい浮いた話もあり、美人で、しかもセクシーで、今年二十五歳という、まさしく売れている女優なのである。

おれが、その時見ていたのは、某大手出版社から出ることになっている泉小夜子の写真集『魔迷奴《マーメイド》』に掲載されることになっている写真なのである。

業界では、まだ秘密のうちに進行している企画で、英子の受けた仕事でなければ、とてもおれなどにはこういう段階で見ることのできるしろものではない。

この企画が持ちあがった時、泉小夜子が、女のカメラマンならばと条件を出し、そして英子のところにこの仕事がまわってきたのである。

英子としては、ビッグ・チャンスである。

おれは、ライトテーブルの上の写真に眼をやりながら、溜息をついていた。

女優の、まだ誰も見たことのないはずのヌード写真を、人知れず眺めるという、中年のおじさんの喜びを嚙《か》みしめているためもあるが、そういうお楽しみとは別に、その写真が実に素晴しいものであったからである。

確かに、泉小夜子という、今、最高の女優の肉体が放っているオーラもみごとであった。

少しも崩れていない肉体は、どう撮ってもどうフレーミングしても、絵になる。その女優のオーラに、英子のレンズの視線が負けていないのである。

負けていないというよりは、画面の中で、ふたつの個性がみごとに溶けあっているのである。

たとえば、海岸の白い砂の上に、泉小夜子が、両手と両膝《ひざ》を突いている写真がある。

全裸で、全身が波に濡《ぬ》れている。

髪からは、いくつもの水滴が垂れていて、膝と手の周囲には、寄せてきたばかりの波が、白く泡をたてている。

小夜子は、大きく背を反らせて、顎《あご》を立て、顔を天に向けている。その鼻の頭に陽光が跳ねている。

その小夜子が、歓喜の表情を浮かべている。

背後から寄せてくる海に犯されているようなと言えば卑猥《ひわい》な響きを持ってしまうが、そうではない。その後に続く一連の写真を見れば、そんなものを越えたものだとわかる。

その後の写真では、文字通り、小夜子が波の中でのたうっているのである。白い波の中で、転げ、笑い、濡れた髪をふり乱している。泣いているようにも、吼《ほ》えているようにも、歓喜しているようにも見える。

人が造るドラマや、やらせから完全に抜け出しているのである。

自然の中で、女のヌードを撮るというのは、どうも痛々しい。人の、毛のない肌というのが、自然の中に、なかなか溶け込まないのだ。

岩にヌードの女が座っていれば、お尻《しり》の肌に、岩の跡がついてしまうのではないか、雪の中で笑っているヌードでは、寒くはないのだろうかと、そんなことが、ふっと気にかかる。

だから、ことさら、特別なポーズをとらせたり、カメラワークやフィルターや、あの手この手を使ったりする。

英子の写真にはそれがないのだ。

波の中に、まるで違和感なく、小夜子の肉体が在るのである。

小夜子も、よほどこの時は、のりまくっていたにちがいない。

波の運動そのままに、自在に女の肉体が動き、転げまわっているのである。

他の、素足で、スリランカの子供たちと走りまわっている小夜子の写真も素晴しかった。

夜の海岸で、焚火の前に座って、炎を見つめている小夜子もいい。

あたりまえすぎるほど自然な写真のくせに、どれもがひとつ、突き抜けて作品になっているのである。

泉小夜子という女優が持っている淋《さび》しさや、喜びや、さまざまな感情を、そのまま少しもみのがさず、誇張もせず、ひとつずつていねいにレンズが拾いあげているのだ。

火の前の小夜子の写真を見れば、この女が、今、どういう恋をしているのか、どういう男とつきあっているのか、そういうことまで見えてきてしまうのである。

おれは、木野原英子が、もはやおれのアシスタントなどというポジションには、おさまりきれない翼を持っていることを、その時気がついていたのである。

それは、フリーになっても、ひとりで稼いでいけるというのとは、また違う次元のことであった。

「なによ、熱心に見ちゃって——」

英子が、おれのテーブルに、コーヒーを運んできて、それを置きながら言った。

長い髪を、片手でかきあげる。

「おれは、感動してるんだよ」

おれは、ポジから、英子に視線を移して言った。

「いやらしいんだから、もう——」

英子が、おれのどこかをつねりたそうな眼つきで言った。

つねってもらいたければ、泉小夜子のおっぱいやお尻のかたちについて、おれの正直な感想を言えばいいのだが、おれはそれを言わなかった。

しげしげと英子を見つめた。

「なによ」

英子が、言った。

「いい写真だよ」

おれは、見つめながら言った。

え？

と、英子は、一瞬とまどいの表情を見せた。

「いい写真だ」

おれは、もう一度言った。

「突然にどうしたの？」

英子が言った。

「誰もが撮れるようで、なかなかこうは撮れるもんじゃない。おれが撮れば、もっといやらしくなっちまうだろうな。男が女のヌードを見る視線と、女が女のヌードを見る視線とは、どうしても違う――」

「どうやら――」

と、英子は、やっと何か理解したように腕を組んでおれを見た。

「誉《ほ》められてるみたいね、わたし」

「誉めてんのさ」

「どういう風のかげんなのかしら」

「そろそろいい頃《ころ》じゃないかと、そう思ったんだよ」

「いい頃って、何が？」

「いや、前から思ってたんだ。おまえはね、自分で思ってるより、いい感覚を持ってる。仕事も丁寧で、はずれがない――」

「――」

「こういう写真を撮ることができる才能を、いつまでも、おれの所で縛ってはおけないと思ってるよ」

「どういうことさ」

英子の声が、マジになった。

「松浦からもね、以前に言われたことがあった。英子を便利がって、いつまでも縛っておくなってね——」

おれは言った。

英子の顔に浮かんだのは、不思議な表情だった。

怒っているような、哀しそうな表情だ。

これまで、おれが見たことのない表情であった。

「本気なの？」

英子は言った。

「ああ」

おれはうなずいた。

「いつかは言おうと思ってたんだ。たまたま、今、この話が出たから言うんだが、君なら、もう、充分フリーで仕事ができる——」

おれが言った言葉の意味を嚙みしめるように、英子は間を置いた。

「突然ね」

「突然じゃない。前から考えていた」

「わたしにとっては突然だわ」

英子は下を向いた。

「わたしね――」

つぶやいた。

「滝村さんに誉めてもらいたくて、仕事をやってきたのよ。いい写真を撮ったなって、そう言ってもらいたくて――」

おれは、英子に向かって何か言おうとしたのだが、言葉を出せなかった。

英子が、これまで見たことのない光をその眼に溜めて、おれを見つめていたからだ。

「それが、やっと誉めてもらったら、出て行けって言うの？」

「出て行けなんて言ってない」

「言ってるわ」

おれは困った。

正直なところを言ったのだが、とんまなことにそのタイミングを、どうやらおれは間違えてしまったらしい。

これで、どこかにいい女《ひと》でもできたのかとでも訊《き》かれれば、まるでよくある男と女の別れ話のパターンである。

「ごめんなさい」

英子が言った。

「わたし、滝村さんの言ってることの意味はよくわかってるわ。でも、突然そんなこと言われても――」

「そうだな。悪かったよ。話が突然すぎた。近いうちに、何か奢《おご》らせてくれよ。その時に、飯でも食いながら、話をしよう」

おれが言うと、

「いいわ」

英子がうなずいた。

「どこかのホテルの、お肉の美味《おい》しいお店で、極上のワイン付きのならね――」

「そうしよう」

「約束よ」

「ああ」

「楽しみにしてるわ」

英子が、言った。

「滝村さんが、そういうお店で、酔っぱらった女性をどうあつかうのか、前から知りたいと思っていたの」

かなり意味深なことを、英子が言った。

「相手にもよるさ。相手によって、松竹梅とコースが分かれている——」

「松竹梅？」

「梅は、さよならの時に手を握るだけ。竹は、その時の気分で場所のかわるキス——」

おれは言った。

「ちなみに松はどういうコースなの？」

英子が訊いた。

その質問におれが答えなくてすんだのは、その時、電話のベルが鳴ったからである。

受話器をとったのは、英子だった。

「松浦さんからよ」

英子が、おれに受話器を渡した。

おれは、受話器を受け取って耳にあてた。

「滝村ちゃんかい？」

松浦の声が、耳に転がり込んできた。

「何かいい仕事でもくれるの？」

おれは言った。

「泉小夜子のヌードの仕事でもまわそうか」

松浦の声がはずんでいる。

どこかで、英子がやった仕事のことを聴き込んできたらしい。

「やっぱり、そっちまでもう話が流れちまってるのか」

「あたり前だよ。業界内部では、もうだいぶ広まっているからね」

「で？」

「英子ちゃんが、ついにいい写真を撮ったらしいじゃないか。評判いいよ、あちこちでさ——」

「誉めたって、写真をそっちへまわすわけにはいかないぜ。スポンサーへの仁義があるからね」

「わかってるよ。写真が欲しくって電話をしたわけじゃない。英子ちゃんの仕事の方はついでね。用事は別にある——」

「何だい？」

「この前の写真のことなんだけどね。ほら、野性の詩《うた》——」

「それがどうかしたの？」

野性の詩は、つい最近から、おれが『激写春秋』でやっている仕事である。春の野生動物を撮って、週に一ページずつ『激写春秋』に載せているのだ。

「その最新号でさ、熊のやつがあったじゃない」

「その写真がどうかしたの？」

おれは言った。

その熊の写真は、カモシカを追って、南アルプスの山深く入っていた時に、偶然撮ったものであった。

山の斜面を移動してゆくカモシカを、ニコンの600㎜の望遠レンズで追っていた時、そのファインダーの隅に黒いものを発見したのである。

それが動いた。

あわてて、その黒いものに焦点を合わせてみると、それが熊だったのだ。

その熊をたて続けにフィルムにおさめ、カモシカをやった次の号に、その熊の写真を載せたのである。

『激写春秋』という雑誌の路線とはややずれた写真であったが、おれの撮った野生動物の写真は、静かな反響を呼んでいるのである。

「今ね、その写真を見たっていう読者の女の人から電話があってね、滝村ちゃんの連絡先を教えてくれっていうんだよ。もう十分もすると、その女の人からまた電話があることになってるんだ——」

教えてもいいかと松浦が言う。

「別にかまわないけど、どんな用事なんだろう?」

「その熊をね、どこで撮ったのか教えて欲しいらしいんだけどね」

松浦が言った。

「へえ」

おれは、おれの眼の前でひらひらしているものに眼をやりながら言った。

B4のコピー用紙を、英子がおれの眼の前でひらつかせているのである。

その紙には、太いサインペンで、文字が書かれていた。

〝わたしがいなくて、この事務所がやって行けると思っとるのか、君は!?〟

〝!?〟は、赤いサインペンを使っていた。

英子が電話の最中に、おれは、時々英子の尻を撫《な》でるのを趣味にしているのだが、英子はおれの電話の最中に、逆にこういう攻撃をしかけてくるのである。

わかったわかったと英子に手を振りながら、おれは、松浦に向かって、うちの電話番号をその女に伝えてもいいと答えた。

その女から電話があったのは、それから十五分後であった。

3

その女、並木悦子とおれは、翌日の昼に事務所の近くの喫茶店で会った。

並木悦子は、静かなものごしの、色の白い女だった。

白いブラウスの肩のあたりに、髪の毛の先が触れている。

外見はほっそりしているが、そのややたよりなげにも見える貌《かお》や身体《からだ》の線の中に、柳の枝の強さを潜ませていた。

話が本題に入ったのは、コーヒーが運ばれてきてからであった。

「この写真は、どちらでお撮りになったものなのですか――」

悦子が訊いた。

テーブルの上には、『激写春秋』が置いてあった。おれが撮った熊の写真の掲載されたページが開かれている。

この写真は、大井川林道を、おれの愛車ジムニー一〇〇〇で登ってゆき、さらに細い岩だらけの林道に入り込んで、そこから二日ほどカメラの機材をかついで歩いた谷で撮ったものだ。

赤石山系に属する山域で、芽ぶき始めたブナの原生林の中であった。

おれが、簡単にその場所を説明すると、並木悦子は、納得したようにうなずいた。

「そのあたりを御存知なんですか――」

おれは訊いた。

並木悦子は、小さくうなずいてから言った。

「いえ、その場所を知っているということではありません。ただ、そこから、それほど遠くない場所に、何年か住んでいたことがありましたから――」

「住んで?」

「主人と、小さな山荘をやってたんです」

「でも、今は東京に……」

「はい。三年前に、主人が事故で死にまして、山荘を閉めました。その後で東京に

「――」

「御主人が亡くなられたのですか？」

「わたしが二十七の時でした」

「しかし、それと、この熊の写真と何か関係があるんですか」

「これは、クロです」

「クロ？」

「すみません。クロというのは、この熊の名前で、三年前まで、わたしと主人の山荘で飼っていたのが、このクロです」

「――」

「山荘は売ったのですが、熊はそのまま山に放したのです」

「しかし、この写真で、よくこれがそのクロだとわかりましたね」

「人もそうですが、熊も、みな一頭ずつ顔も性格も違いますから。それに……」

と、並木悦子は、おれに見やすいように本を動かしてから、指差した。

彼女の白い指先が、熊の左耳にあてられていた。

「この耳の先が、少し欠けているでしょう？」

並木悦子の声が、やや高くなった。

なるほど、その熊の耳が、反対の耳に比べてやや短く、形もやや歪《いびつ》に見える。

「これは、クロが、まだ小さい時、山荘にまぎれ込んで来た野生化した猟犬に嚙み切られた傷なんです」

「そうだったんですか――」

「主人との生活を思い出させるものを、全《すべ》て処分してしまったのですが、今は――」

そこまで言って、並木悦子は口をつぐんだ。

「張りつめた気持で三年がんばってきたのですが――」

言って、また口をつぐんだ。

おれは、彼女の沈黙を守ってやるために、冷めかけたコーヒーを、ゆっくりと口に運んだ。

「このクロに、もう一度、会ってみたいのです」

はっきりとした口調で、並木悦子が言った。

「会う?」

「はい」

「しかし――」

「わたしを、そこまで連れていっていただけますか。その分の費用とか、必要な報酬はきちんとお支払いいたします」

「────」

「山を歩くのは、平気です。夫の槙原と、よく山菜を採りに山に入りましたから
────」

「山に入ったからといって、必ずその熊に会えるとは限りません」

「でも、熊にはテリトリーがあって、いつも、だいたい居る範囲は決まっているんでしょう」

「それはそうですが、山では、普通、野生動物の方が先に人間を発見します。そして逃げる。彼等は皆人間を怖《おそ》れているからです。熊も例外ではありません。そう簡単に出合えるものではありません。よくても、この写真の時のように、遠くから眺めることができるだけです。この写真は、600㎜のレンズを使ってますから、かなり遠くのものを引き寄せて撮ってしまいますが、実際の距離は、だいぶ離れているのですよ」

「────」

「もし、近くで出合えたとしても、その時には、こちらが危険です」

「危険？」

「熊と近くで出合った場合、熊のとる行動には、だいたい三つのパターンがあります」

おれは、これまでに仕込んだあれやこれやの知識を思い出しながら言った。

「その時、熊がその三つのパターンのどの行動をとるかは、大まかには距離で決まってきます」

「距離、ですか?」

「距離です。熊と人間との間に、まあ、一〇メートルくらいの距離がある場合は、まず、熊の方が先に逃げてゆきます」

「はい」

「次には、もう少し近い距離——たとえば五メートル内外の距離で出合った場合、これは睨《にら》み合いになります。人間の出方次第では、熊が襲ってくるということです。その場合にはどうすればいいのか、俗には色々と言われていますが、これという方法はありません」

おれは言った。

よく、そういう時には熊の眼を睨め、眼光で負けたらその途端に熊が襲いかかってくるぞと言うやつもいるが、それをあてにしてはいけない。

何故《なぜ》なら、野生獣の間で、相手の眼を睨むというのは、あからさまな敵意の表明であるからだ。

最初に軽く睨み合ってから、ふっと人間の方から先に視線をそらせてやれば、熊の方が安心して逃げてゆくからと言う人間もいるのである。むろん、眼をそらせた途端に、熊が襲いかかってくるぞと言う人間もいる。

「次には、一メートルほどの短い距離で熊と出合ってしまった場合ですが、この時には、まず、間違いなく熊は襲ってきます。熊の武器は、牙《きば》ではなく前足です。その前足で軽くひっぱたかれただけで、顔の肉なんかはこそげ落ちて、親が見ても誰だかわからなくなっちまいますからね」

「はい」

「それに、今の説だって、おおまかなものですからね。人間の出方次第で、いくらでも熊の反応は変化します。先方にだって事情がある。腹をすかせている場合もあるだろうし、子連れの母熊の場合だってある。子連れの母熊は特に危険だ――」

「でも……」

並木悦子が、小さくつぶやいた。

「もし、相手がクロなら、たぶん大丈夫だと思うんですが――」

「――――」

「主人とわたし――いえ、わたしには特になついていましたから――」

「いくらなついていても、相手は野生の獣で、しかも、別れてから三年もたっているんでしょう？」

「わたしの主人は、以前、獣医をやっていたこともあります。もともと動物が好きで、山の中に入ってしまったような人ですから――」

「――――」

「その主人が言っていたことがあります。熊は、人間が考えている以上に知能の発達した動物で、一度、気持を通じ合えたもののことは、ずっと忘れないと。わたしもそう思います――」

「ですがね――」

「わたしの覚悟は決まっています。もし御案内していただくことがかなわなくても、わたしひとりでゆくことに決めています」

困ったことになったものだと、おれは、その時顔をしかめたのだった。

4

島村雄二は、その翌日に、予告もなく、直接六本木のおれの事務所を訪ねてきた。
おれが、次号分の『激写春秋』の写真のキャプションを考えていた時である。
ノックがあり、ドアが開けられた。
そこに、島村雄二が立っていた。
ぬめりと、まず視線が先に部屋の中に入ってきた。
事務所、つまりスタジオにその時いたのはおれひとりであった。
英子は、例の写真集の件で、出版社へ打ち合わせに出かけている。
顔をあげたおれと、その島村の眼とが合った。
にっと島村が微笑した。
おかしなクセのある眼だけが笑っていない。
「島村という者ですが、こちらに滝村さんはおいででしょうか――」
島村が言った。
「わたしですが――」

おれは、持っていたペンを、机の上に転がして答えた。

「連絡もなしにうかがって、申しわけありません。たまたま近くにおりましたので。そこから『激写春秋』の編集部へ電話を入れましたら、こちらを教えてくれたんです――」

「どういう御用件ですか――」

「実はですね――」

言いながら、島村は、事務所の中に入ってきた。

後ろ手にドアを閉めて、軽く右手を持ちあげた。

その右手に、『激写春秋』が握られていた。

例の熊の載っている号であった。

「この中にある、あなたのお撮りになった熊の写真について、少々おうかがいしたいのですが――」

歩いてくると、島村は、おれの前に立った。

「どのようなことですか」

「たいへん失礼とは思うのですが、こちらの熊の写真――」

と、島村はそのページを開いて机の上に載せた。

「――この写真が、いつ、どこで撮られたものか、それを正確に教えていただきたいのですが」

――またか。

と、おれは思った。

あやうく昨日の並木悦子のことを言い出しかけて、おれは口をつぐんだ。

口が軽いというのは、男にとってあまり名誉なことではない。

昨日の彼女と、今眼の前にいる男とが、どのような関係にあるのか、ないのか。それがわからぬうちは、まだ話す段階ではない。

「教えるのは別にかまいませんが、理由をお聞かせいただけますか――」

「かまいませんよ」

島村は言った。

「わたしも、動物の写真に興味がありまして、色々と撮ってるんですが、今度ぜひ野生のツキノワグマの写真を撮りたいと思いましてね――」

「写真のお仲間はいないんですか。その中に動物をやってらっしゃる方がいれば、その方にお訊きになった方が正確な情報をもらえますよ」

「それが、ひとりでやってますもので。以前にも、野生動物を撮っている方に訊ねたことはあったんですが、彼等は他人には教えてくれないのですよ。自分のテリトリーを荒らされるのがいやのようです。でも、滝村さんの御専門は、特に動物というわけではないようですから、あなたなら教えてくださるのではないかと思いまして——」

「まあ、教えてさしあげられないということはありませんが」

おれは口ごもった。

この島村という男が、特別にあの女と関係がないとしても、もし、ハンターであれば、おれからその場所を聞けば、たちまち次の休みには猟銃を抱えて出かけてゆくに違いない。

もったいぶるのが好きなわけではないのだが、おれが、この眼つきに癖のある男に対して口ごもったのも、理解してもらいたい。

プロのカメラマンの所へ、連絡もなしにいきなりやってきて、この写真をどこで撮ったという非常識さは別にしても、おれは、どうもこの男が気にいらなかった。

「わたしは、ハンターではありません。あなたから場所をうかがって、銃をかついで現場へ出かけてゆくような人種とは違いますから——」

おれの考えを見すかしたように、島村が言った。

「わたしのように、こういった写真を撮った場所を教えてくれと言ってくる者が、他にもいるのですか――」

ふいに、島村が、声を低めて言った。

さぐるような視線で、おれの眼を覗き込んだ。

一瞬、おれは口ごもり、小さく首を振った。

「いえ、めったにはいませんよ」

おれは言った。

島村が、また微笑した。

唇が薄いため、ぱっくり割れたような印象のある笑みだった。

「ぜひお願いします。いい写真が撮れたらお送りしますから――」

島村は、テーブルの上に、身を乗り出して言った。

5

あの時、おれの机の向こうから、身を乗り出してきたのと同じ表情で、島村がそこに立っていた。

あのいやな眼つきで、口をぱっくり割った微笑を浮かべて、おれと、並木悦子を見ていた。

並木悦子が、小さく悲鳴を呑《の》み込んで立ちあがった。

火をまわって、おれの傍《そば》まで歩み寄ってきた。

「滝村さん——」

しゃがんで、おれの肩に手を乗せた。

島村と、そしてもうひとりの男は、ゆっくりと火に近づいてきた。

島村は、三十歳を越えているように見えた。島村の背後のもうひとりの男は、まだ二十代後半の顔つきをしていた。

どちらの顔にも、下品な笑みが浮かんでいた。

「悪かったな。せっかくふたりのところを邪魔してよ」

島村が言った。

下品で、毒のある声であった。

おれの事務所に来た時とは、完全に口調が変化していた。

しかし、おれは別に驚かなかった。

あの時、島村がねこをかぶっていたのは、充分承知していたからである。今の島村の方が、よほどわかり易《やす》い存在であった。

ふたりは、ちろちろと燃える焚火をはさんで、おれたちの向かい側で立ち止まった。

ふたりとも、登山者の格好をしていた。

登山靴を履き、若い方の男は、背に大きなザックを背負っていた。

しかし、島村が背負って——というより肩にかけているものは、ザックではなかった。むろん、カメラでもない。

おれは、これを見て、やはり、この島村という男が、おれに嘘をついていたことを知った。

島村が右肩にかけていたのは、猟銃であった。

「島村——」

おれが言いかけると、横にいた悦子が、小さく首を振って、おれの右腕を強い力でつかんだ。

「違います。この人は、島村じゃありません——」

悦子が、怯《おび》えた声で囁《ささや》いた。

「何!?」

おれは、島村の顔を睨みながら言った。

「誰なんだ?」

「矢崎勉です」

悦子が、しぼり出すように言う。

「へへ――」

矢崎が笑った。

眼がぬめぬめと光っている。

「久しぶりだね、奥さん」

火の前にしゃがんで、両手を火の上にかざしながら言った。

「鈴木、休んで行こうぜ――」

後方の若い男に声をかけた。

鈴木と呼ばれた男は、口元に、軽薄なにやにや笑いを浮かべたまま、ザックを肩から下ろし、矢崎の横に並んだ。

「きひっ」

声をあげた。

刺すような視線が、悦子を見ていた。

「何しに来た」

おれは言った。

異様な連中であった。

どうせまともではあるまいという印象を島村に会った時に得ていたが、それでも、おれはかなり過小評価をしていたのではないか——。

ふと、そんな不安が、おれの脳裏をかすめた。

少なくとも、熊を撃ちに来るハンターとは、どこか様子が違う男たちであった。

「さあてね」

矢崎が言った。

「おい、おれたちは何しに来たんだっけな」

横の鈴木に声をかけた。

「きひっ」

鈴木は、悦子を、その視線で舐《な》めまわしながら、高い声をあげただけであった。

「助かったよ」

矢崎が言った。

「何がだ」

「熊の出た場所を教えてくれたことさ」

おれは、この男に、熊を見た場所を教えたことを、激しく後悔した。

「それともうひとつ、感謝しなくちゃいけねえ。わざわざ、下に車を停《と》めて、この谷に入りますよと教えてくれたことだ」

おれはもう一度、強い後悔をした。

もう二度目はないだろうが、今度、この男に何かを訊かれても何も教えてやりたくない気持になった。

「昔から、おれはお人好《よ》しだと言われてるよ――」

おれは言った。

頭の中で、武器のありかをさぐった。

ハンティングナイフが一梃《ちょう》――それがおれの尻ポケットにある。

あとは、スイス製の万能ナイフだ。

それは、後方のテントの中のザックに入っているはずだった。

知らず、おれの視線が堅くなっていた。

「気に入らねえな」

ふいに、矢崎がつぶやいた。

大量の唾《つば》を、炎の近くの地面の上に吐いた。

「そういう眼つきで、おれを見るんじゃねえ」

矢崎の頬《ほお》が、一瞬、ぴくりと動く。

「悪いな。この眼つきも昔からなんだ」

おれは言った。

できることなら、いきなりこのふたりに襲いかかり、ぶちのめして縛りあげてしまいたかった。

しかし善良な小市民であるおれは、むこうが何もしないのに、こちらから飛びかかるような真似《まね》はできなかった。

「滝村さん……」

おれに寄りそった悦子が、小さく言った。

声が震えている。

おれは、おれの右腕を握った悦子の手の上に、左手を乗せて、心配するなと叩《たた》いてやった。

「へへ」

「きひ」

ふたりが声をあげた。

悦子の歯が、小さく鳴った。

「こ、この人たちは――」

悦子がそこまで言うと、矢崎の眼が、焚火のオレンジ色を映して、ぬめりと光った。

「ほう。おれたちがどうしたって?」

矢崎が、おもしろそうに微笑した。

「宝石を盗んだのよ。静岡の宝石店から――」

悦子が言った。

「なに!?」

おれの身体がぐっと緊張した。

「聴き捨てならねえなあ。な、そうだろう、鈴木ィ?」

矢崎の言葉を肯定するように、鈴木が、

「きへっ」

声をあげた。

「昔のことを持ち出して、善良な市民をいじめないでくれよ。それは、四年前のことじゃねえか。今じゃ、きちんとつとめをすませて、あんたらと同じ市民なんだ」

「いつ、いつ出てきたの――」

「半年前だよ。教えりゃ、祝いでも持って来てくれたかい」

矢崎が言った。

低い、獣の声に似た、荒い喘《あえ》ぎ声が聴こえていた。

膝を抱えて、悦子を見つめている鈴木が発している喘ぎであった。その眼が、異様な光を帯びている。

「へへ――」

矢崎が、横の鈴木に視線を向けた。

「こいつ、久しぶりに、こんな近くで女を見続けたんで、興奮しちまってるみたいだぜ――」

「う……」

「やりてえのかい？」

ぞくりとするような声で、矢崎が鈴木に声をかけた。

鈴木が、こくんと顎を引いてうなずいた。

「やりてえんなら、やらせてくれるように、おれが奥さんに頼んでやろうか。この前みたいによ――」

おれにしがみついている悦子の身体が、はっきりとした震えを伝えてきていた。

「何があったんだ」

おれは、悦子と、そして、前のふたりに向かって訊いた。

訊くには訊いたが、それはかたちだけのものであった。

おれに届いてくる悦子の身体の震えが、おれに決心をさせていた。

とにかく、矢崎の持っている銃を奪わねばならなかった。

どんな話し合いをするにしろ、それからである。

重い登山靴を履いていることが残念であった。後方にあるテントの中に、スニーカーがある。それを履くことさえできれば、かなり強烈なキックを、こいつらのボディでもこめかみでも、ぶち込んでやることができるのだ。

この重い登山靴では、よほどタイミングよく決めねば、スピードが殺されてなかなか相手には当てにくい。そのかわり、もし当てれば、かなりのダメージを相手に与えることはできそうだった。

「いいことがあったんだよ」

矢崎が言った。

「おれたちと、奥さんとの間にな――」

舌舐めずりでもしそうな声であった。

「やめて！」

悦子が叫んだ。

げたげた

と、矢崎が笑った。

「四年前も同じことを言ってたな。だけど、すぐに逆のことを言った。覚えてるだろう?」

矢崎が言った。

「やりてえよう」

ふいに、鈴木がつぶやいた。

気味の悪い声であった。

「やりてえよう。やりてえよう」

「やりてえよう」

矢崎が鈴木の口真似をした。

にいっ、と微笑した。

「よし。じゃ、おれの後に、おめえのでかいのを突っ込ませてくれるかどうか、おれが奥さんに頼んでみてやるよ」

矢崎が、ぽん、と鈴木の肩を叩いた時、おれは声もあげずに、おもいきり立ちあがりざま、炎の向こうに向かって跳躍していた。

矢崎の顔面をめがけて、右足を跳ねあげていた。

「ぐげっ」

みっともない呻《うめ》き声をあげたのは、おれであった。

おれの攻撃を、始めから見すかしてでもいたように、矢崎が立ちあがり、その猟銃の台尻を、おれのみぞおちにぶち込んできたのである。

いくら登山靴をはいているとはいえ、ふいをついたはずの攻撃が、こうもあっさりかわされたというのは、普通ではない。

仮にもおれは、一ラウンドノックアウト負けとはいえ、一度はプロのリングにあがっているのである。

何らかの体術の心得がありそうだった。

日々、腹筋を鍛えてないことのつけが、こういう時には、覿面《てきめん》に出る。

凄い激痛であった。

少しの手加減もしてくれたとは思えなかった。

頭をぶん殴られた時には、気を失って気持良く天国へ行けるのだが、腹をやられた時に行く場所は、天国ではない。

地獄である。
そのままおれは、腹を抱えて横にぶっ倒れた。
せりあげかけた胃液のにがみが、喉《のど》の奥をひりひりと焼いていた。
苦しくて気絶ができないのである。
悲鳴すらもあげられない。
呼吸すらもできない。
げは
げは
と、情けない呻き声をあげて、土の上で身をよじることができるくらいである。
何しろ、カウンターで、台尻の先がおれの胃《ストマック》にめり込んだのだ。
ただ殴られただけのものとはわけが違う。
おれは、眼尻に涙を滲《にじ》ませていた。
おれの左頰を、何か堅いものが踏んづけてきた。
矢崎の登山靴の底であった。
ぐっと体重がかかり、その靴底が、おれの左頰を左右にねじくった。
皮膚が裂けていた。

靴がどいた。

その時には、どうにか苦しみがやわらぎ、反撃をするだけの身体の状態ができあがっていた。

「くうっ」

跳ねおきようと顔をあげたところで、おれはそのまま動きを止めていた。

おれのすぐ眼の前に、黒い、不気味な穴が見えたからである。

銃口であった。

その穴から出てくるものは、おれの脳天の一部を、軽く骨ごとどこかへふっ飛ばしてしまうだろう。

「けっこういい動きをするじゃねぇか、驚いたぜ」

銃を向けながら、矢崎が言った。

「滝村さん」

悦子が、おれに駆け寄って来ようとした。

その悦子の前に、ひょいと鈴木が立ち塞《ふさ》がった。

いきなり悦子を抱きすくめた。

「女だ、女だ。うききっ！」

鈴木が奇妙な声をあげ、抱きすくめたままの悦子の身体を持ちあげて振りまわした。

「やめろっ！」

とんまなことを、おれは叫んだ。

叫んだくらいでやめる連中ならば、始めからこんなことはしない。

「いいじゃねえか。あの女《あま》と、これまで楽しんできたんだろう。今日はゆっくり休め。おれたちが、今夜はおめえにかわって、あの女をひいひい言わせてやるからよ」

おれは唇を噛んだ。

「立ちあがって向こうを向きな」

矢崎が言った。

おれは言われた通りにした。

「おい」

矢崎が鈴木に声をかけた。

「女を動けないようにして、こいつが武器を持っているかどうかを調べるんだ」

鈴木が、矢崎の言葉に、悦子をふりまわしていた動きを止め、どうすればいいのか
という風に、矢崎を見た。

「靴を脱がせて素足にしとけ。夜の山の中じゃ、素足で逃げ出しても、どれほども遠

く へ行けやしねえよ」

矢崎が言うと、わかった、というように鈴木がにっと笑った。

鈴木が、いきなり、悦子の頰を叩いた。

「脱げ」

短く言った。

悦子が、しゃがんで、靴を脱ぎ始めた。

「おまえもだ。自分で脱げ――」

矢崎が言った。

おれは、しぶしぶ自分で靴を脱いだ。

素足になるのはいやだったが、隙を見てテントの中のスニーカーをはくことができれば――むろん、矢崎の銃をどうにかしてのことだが、さっきのリターンマッチをやることができる。その時に靴を脱ぐ手間を、今はぶいているのだと考えることにした。

鈴木が、脱いだ悦子の靴をぶら下げてやってきた。

後方から、おれの全身をさぐられた。

ハンティングナイフは見つからなかった。

さっきの争いの時に、どこかに落としたらしい。

これは、おれにとってはありがたいことになった。

おそらくは、焚火を中心にしたどこかに落ちているに違いない。

見つかって持って行かれたのは、ニコンのネームの入ったジッポのオイルライターと、小銭の入ったサイフである。

「おまえ、銃でこいつを見張っていろ」

矢崎が言った。

後方で、ふたりが入れかわる気配があった。

「ふりむいてもいいかい」

おれは言った。

「両手を頭の上に乗せて、ゆっくりとだ」

矢崎が言った。

おれは、言われた通りに、両手を頭の上に乗せた。

ゆっくりとふり返った。

矢崎と鈴木が、並んでそこに立っていた。

おれの左手方向の地面で、小さく燃えている炎が、ふたりの顔を、赤く闇の中に浮きあがらせていた。

眼球を動かさずに、おれは、視界の隅にある焚火の周囲をさぐった。

——あった。

焚火の端の地面に、ハンティングナイフが落ちていた。革ケースに刃が入ったままだ。革ケースの先が焚火の中に入っていて、小さく炎をあげていた。

焚火の向こうに、怯えた表情の悦子が立っている。

山の地面を、痛々しいほど白い素足が踏んでいた。

おれは悦子を見た。

何と声をかけていいのか、言葉もない。

銃を向けられているのを承知で、跳びかかってゆくという、とんまな行為はできるわけもなく、おれは、自分の生命《いのち》がおしい、ただのだらしない男に成り下がっていた。

「鈴木、おめえは、おれの後だぜ——」

矢崎が言って、悦子に向かって足を踏み出した。

悦子が、後方に退《さ》がる。

その退がってゆく足元がおぼつかない。

小さな木の枝や、小石、様々なものが悦子の足の下にあるのだ。

おれの足の下にも、ひんやりとした、冷たい山の土の感触があった。

くすぐったいような、痛いような、変な感触だ。

こうしている分にはいいが、この足で夜の山の中を走り出したら、いくらも走らないうちに足はずたずたになってしまう。

足の生爪《なまづめ》をはがし、そこに土がくっついている光景が、おれの頭の中に浮かんだ。

「いやっ」

悦子が声をあげた。

矢崎が悦子の腕を捕えたのだ。

悦子が下に転がされた。

上にのしかかって、悦子の頬を叩いた。

もう一度叩いた。

次は拳《こぶし》で殴った。

それで、やっと悦子が抵抗をやめた。

「糞《くそ》！」

おれは眼をむいて呻いた。

こんな時に何もできない自分がくやしかった。

体力派などと言われても、こんなものなのだ。

矢崎が、げひげひ、と笑いながら悦子のニッカを脱がせ始めた。

悦子の臍《へそ》の周囲の肌は、雪のように白かった。

再び悦子がもがき出した。

臍の上を、いきなり矢崎の拳が叩いた。

悦子が、頭を浮かせて呻いた。

叩かれた場所を、悦子が両手で押さえようとする。

その両手をどけて、矢崎は悦子のニッカをさらに引き下ろした。

黒い、細いパンティが露《あら》わになった。

その黒が、悦子の肌の白さを際立たせている。

「どうだ、この女、こんな色の下着をつけて、山の中に来てるんだぜ。そこのカメラマンを、この黒いパンティで刺激して、やってもらうつもりだったんだろうぜ――」

矢崎は、唾を飛ばして言った。

「え? もうやったんだろう。さんざここを掻《か》きまわしてもらったんだろうが?」

その黒いパンティの底に、矢崎が不遠慮に指をあててこねた。

膝まで下げたニッカをそのままに、こんどは、矢崎はその黒いパンティに手をかけた。

悦子が両手でおろされまいと抵抗する。

今度は、肘《ひじ》が、悦子の腹に打ち下ろされた。

「どうせやられるんだ。やられればいい声で鳴くんだろう？　それなら、最初っからすなおにやられるがいいのさ。気持良くならなきゃ、そんだぜ——」

矢崎が、強引にパンティを、膝まで下げ、そのままニッカごと足首まで引き下ろした。

脱がせた。

悦子は、もう、抵抗をあきらめていた。

暗い天を睨んだ眼に、涙が浮いていた。

「お願い、せめて、テントの中で——」

悦子が言った。

「うるせえ！」

矢崎が言った。

悦子の両足首を両手で握って、大きく横へ開いた。

淡い陰りの下に、あからさまな眺めがあった。

矢崎は、上半身を折って、いきなりそこの中心に顔を埋《うず》めた。

「や、めて」

悦子が言った。

湿った音が、ここまで届いてきた。

やがて、矢崎が顔をあげた。

膝立ちになった。

その格好でズボンのベルトをはずす。

ズボンを膝まで落とした。

黒い、不気味な凶器が、矢崎の股間《こかん》から反り返っていた。

矢崎は、そのまま地面を移動し、悦子の顔の横に膝で立った。

悦子の手をとって、自分のそれを握らせた。

「どうだ、でかいだろう?」

確かに、矢崎は嘘をついていなかった。

馬並みであった。

「こいつをよ、あんたの中にぶち込んでやるからよ」

矢崎は言った。

「動かせ」

矢崎は、自分を握った悦子の手の上に手をかぶせて、上下に動かし始めた。

「たまらねえぜ」

呻いて、腰を使った。

「何しろ、ムショに入る前、最後に突っ込んだのが、奥さんのだったからな。ムショじゃ、毎日、奥さんのことを思い出しちゃあ、せんずりをかいてたんだ――」

矢崎は、そこから悦子の手をどかして、膝を開こうとした。しかし、下げたズボンが邪魔をして、ある程度以上は開かない。

そのまま矢崎は上体を倒して、悦子の顔のむこう側に両手をついた。

悦子の顔の上に、その巨大な肉の武器があった。

矢崎が、腰を落とした。

「しゃぶれよ。しゃぶってくれよ」

熱く堅いものを、上から悦子の顔の上に押しつけて、矢崎は腰をねじった。

眼を、鼻を、頬を、額を、髪を、口を、その肉の塊りがなぶってゆく。

矢崎は、左腕の肘で自分の体重を支え、右手を自分のそれにそえた。

悦子の唇にその先端を押しつけ、無理に中にねじ込もうとした。

悦子は、堅く唇を閉じていた。

「へへ」
かまわず矢崎が動いた。
悦子の唇が、先端でめくりあげられ、白い歯が覗く。
ふいに、矢崎の動きが止まった。
矢崎の先端から、生あたたかい白い弾丸がほとばしった。
それが、悦子の顔を叩きつけた。
凄《すご》い量であった。
「これからだぜ、奥さんよ」
矢崎が言った。
まだおっ立てたまま、膝で、また悦子の足の間に移動してゆく。
そこに膝で割り込み、悦子が上半身に着ていたシャツをめくりあげた。
ブラジャーをしていない悦子の乳房が、白く浮きあがった。
微《かす》かな丸みが残ったその上に、赤い乳首が尖《とが》っていた。
矢崎は、上にかぶさって、乳首を唇に含んだ。
何をしているかは見えないが、何をしているかは想像がつく。
舌で転がし、歯をあて、吸っているのである。

残った方の乳房を、矢崎の手が執拗《しつよう》にもみたてていた。

たっぷりと時間をかけてから、再び矢崎は膝立ちになった。

「四つん這《ば》いになんな」

そう言った。

その声が荒くなっている。

動こうとしない悦子を、強引に裏返して、後方から手をまわして尻を持ちあげさせた。

前にまわしたその手で、悦子の股間をさぐった。

「ひひ」

矢崎の顔に、鋭い笑みが浮いた。

「濡らしてやがる、こいつ」

呻くように言った。

悦子の尻を抱えなおし、自分のそれに右手をそえて、先端を悦子のそこにあてた。

おれは、ほぼ真横からその光景を見ていた。

下に下がった悦子の乳房に、炎の色が映っていた。

悦子は、何かに耐えてでもいるように、堅く眼を閉じていた。

小さく割れた唇から、堅く噛み合わせた白い歯の一部が覗いていた。

その顔に、矢崎が放ったばかりのものが、まだ付いている。

そこにあてたまま、矢崎は動かなかった。

先端は、浅く潜っているらしかったが、おれの立っている場所からは、はっきり見えない。

「へへ——」

額に、汗を浮かせたまま矢崎が笑った。

悦子の尻が、細かく震え出していた。

揺れている、というのではない。

肉が震えているのである。

尻だけではなかった。

背、肩、腕、それから脚にまでもその震えが伝わっていた。

「くっ」

と、小さく割れた悦子の唇から声が洩《も》れた。

「きひ」

おれに銃を向けていた鈴木が、額に汗の粒を浮かせて声を洩らした。

悦子の尻が、ぴくん、と動いた。

最初は一度だった。

それが、次にはぴくんぴくんと二度、次にはぴくんぴくんぴくんと三度動いた。

白い皮膚の下に身を潜めていた蛇が、肉の中で身をよじったようであった。

悦子が、顔をあげた。

噛んでいた歯と歯の間に、透き間が空いていた。

唇が半開きになっていた。

「あ」

悦子が声をあげた。

「ああ」

顎の先を前に突き出し、喉をのけぞらせた。

腰から下の尻だけが、それ自体、まったく別の生き物のように、かくんと下に折れて動き、後方に突き出された。

「好きものめ」

矢崎が言った。

「我慢するな。早くおれのをここに咥《くわ》え込みたくて、うずうずしてるんだろう」

「ああ」

尻が、また、さっきと同じ動きをする。

さっきよりも、その動きの振幅が大きかった。

その動きで、矢崎のものが、さらに深く呑み込まれていた。

悦子は、まだ眼を閉じていた。

その眼の端から、涙が滲んでいた。

「ほれ」

矢崎が、浅く腰を前に突き出した。

「あっ」

悦子が声をあげた。

矢崎が突いた時、それをむかえるような動きを、悦子の尻がした。

矢崎が引くと、それを追うような動きを悦子の尻がした。

「あっ」

「あっ」

ぴくんぴくんと背に震えが走り、肉の中で蛇が動いた。

悦子の尻が、自分で動き始めていた。

無残であった。

矢崎は、悦子の腰に両手をまわした。

「声を出せよ」

言った。

悦子が、また唇を噛んだ。

その悦子の尻が、小さな円を描いてまわり出していた。

そのまわる速度がゆっくりと早くなる。

矢崎の両手が、そういう風に悦子の尻をまわしているのか、悦子が自分で動かしているのか、おれにはわからなかった。

前に突き出していた顎を落として、悦子が下を向いた。

同時に、その唇から、愉悦の塊りに似た声がこぼれ出ていた。

泣き出しそうな声だった。

その時、矢崎が、いきなり、深くそれを突き入れた。

深々と、根元近くまでそれが入り込んだ。

下を向いていた悦子の顎が、また前に突き出され、その唇から声が出ていた。

背後から貫いてきたものが、悦子がその体内に溜めていたものを、その唇から外に押し出したようであった。

「あぁっ」

悦子の尻が、大きく後方に突き出された。

矢崎の唇が、爬虫類《はちゅう》の口のように、ぱっくり笑みの形に割れていた。

「いいだろう?」

その唇で言った。

「いい」

悦子が、喉からしぼり出すような声で矢崎に答えた。

「たまんねえだろう?」

「たまんない!」

「もっとか?」

「もっと!」

「こうか」

「そう!」

「こうか」

「そうよ、そうよ」

悦子の尻が、大きくはずんでいた。

ただひたすら獲物《えもの》を追う獣のように、尻が動く。

大きく反らせた背がうねる。

あの、ものごしの静かだった悦子が、背後から獣に襲われて、自らも獣に変貌《へんぼう》していた。

おれは、哀しかった。

なんだか、やけに哀しかった。

このいやらしい中年のおじさんの胸の中からそのいやらしさが消えて、わけのわからない哀しみが頭を持ちあげてきたのである。

何が哀しいのか、おれには自分の気持がよくわからなかった。

さっきまで、今夜、今お尻を振っている悦子といかにして清い夜を過ごそうかと、頭を悩ませていたおじさんは、自分ひとりだけが取り残されてしまったような気分を味わっていた。

悦子がかわいそうだとも思った。

動いているうちに、肩近くまでめくりあげられていた悦子のシャツが滑り落ちて、背の半分をおおっていた。

そのシャツの内側に、下から矢崎の左手が潜り込んでいる。

今は、そのシャツの中に隠れてしまった乳房をこねているらしい。

右手は、悦子の前にまわされ、その指先が、肉の合わせ目の上にある敏感な花粒をさぐっているらしかった。

「これかっ」

矢崎の声もうわずっている。

「それっ！」

悦子が高い声をあげて、尻を振りたくった。

やがて、ふたりの身体が重なって土の上に沈み、静かになった。

「矢崎さんよう」

おれに銃を向けていた鈴木が、興奮のため震えを帯びた声で言った。

「矢崎さんよう。おれも、やりてえよう」

矢崎は、立ちあがって、まだ濡れて半立ちのままのものを、ぬぐいもせずにズボンをあげて隠した。

鈴木の持っている銃を受け取り、おれに銃口を向けた。

「好きなだけやってこい」

鈴木に向かって言った。

「きひい」

鈴木は、ズボンのベルトに手をかけて、走り出した。

「でひっ」

声をあげて、火を跳び越えた。

悦子の横に立った時には、もうズボンを足首まで落としていた。

しかし、あれほどやりてえようと言っていたくせに、それは、まだ大きくなってはいない。

普通の状態のままであった。

「見てろよ」

と、矢崎がおれに言った。

「あいつには、かわった趣味があってな。今にすぐでかくなる」

にやにやしながら言った。

鈴木と悦子の方に、ちらりちらりと視線を送っているくせに、隙がなかった。

銃口に、足か手がすぐ届く距離であれば、なんとかそれを別の方向に向けさせることもできようが、心憎い距離を矢崎がとっているため、それはできなかった。

矢崎の言ったかわった趣味というのがわかったのは、まもなくであった。

「けっ、尻《けつ》っ！」

鈴木が叫んだ。

うつ伏せになった悦子の尻に、いきなり顔を埋めた。

両手で、悦子の尻の頬肉を、おもいきり左右に広げていた。

「いやあ——」

悦子が、顔を起こして声をあげた。

普通の声ではない。

「へへ——」

矢崎が微笑した。

「あいつはよ、女の前の方には興味がなくてよ。後ろの方にばっかり興味があるタイプなんだ——」

後ろ——つまり、肛門《こうもん》のことらしい。

「匂うぜ、匂うぜ！」

鈴木が、膝を突いて高く持ちあげた尻を振った。

その腰の間のものが、さっきとはうって変わって大きくなっていた。

「おまけに、匂いがしねえと駄目なのさ。洗ってある女の尻には興味がねえんだとよ──」

おれは、もう、言葉もなかった。

「山の中を、三日もうろついて、風呂《ふろ》にも入ってねえんだろう。あいつには丁度いい──」

「────」

「気が向けば、一時間だって舌で舐めてるぜ。匂いが失《な》くなれば、指でほじくって、指をしゃぶり出す──」

とんでもない男であった。

溜息が出た。

6

「なあ、教えろよ」

おれは、銃口を向けている矢崎に向かって言った。

「何だ？」

「おまえたちのことさ。四年前に何があったんだ?」

「何かな」

「それと、熊と、どうからんでくる?」

おれが言うと、にやりと矢崎が笑った。

「いいのかい?」

低く言った。

「いいとは?」

「本当のことを、おめえに教えちまっていいのかいと言ってるんだよ——」

ぞくりとするような声であった。

おれには、すぐに、その意味がわかった。

本当のことをおまえに教えたら、おまえの口を塞がなければならなくなるぞと、矢崎は言っているのである。

口を塞ぐというのは、むろん、殺すという意味だ。

矢崎のいやな眼が、ぬめぬめとおれを見ていた。

ごくりと、おれは音をたてて唾を呑み込んだ。

今さら、何を知ることになろうと、この男の、おれに対するあつかいが変化するとは思えなかった。

好奇心が勝った。

「教えろよ」

おれは言った。

「勇気があるな、おめえ——」

「ただの知りたがり屋だよ」

「こうやって銃を向けられているだけで、小便を洩らしちまったやつを、おれは知ってるよ。知ってるだろうが、引き金ってやつは凄く軽くてな。撃つつもりがなくても、つい引き金を引いてしまう時があるんだ。話に夢中になったりしてるとな——」

いやなことを言う男であった。

明らかに、おれを脅して楽しんでいるのである。

こういう男は、相手が怯えれば怯えるほどおもしろがり、また、怯えねば怯えないで、脅すつもりが本当に銃を撃ってしまったりするのである。

矢崎は、ちらりと、視線を悦子と鈴木に走らせた。

鈴木は、まだ、嬉々《きき》として悦子の尻の割れ目に顔を埋めていた。

「教えてやるよ——」

矢崎が言った。

小さかった焚火の炎がさらに小さくなって、矢崎の眼の中に揺れていた。

放っておけば、炎が消えて、熾火《おきび》になってしまう。

「座りな――」

矢崎が言った。

立っていたおれは、ゆっくりと腰を下ろして、地面に胡座《あぐら》をかいた。

矢崎も腰をおろし、おれに銃口を向けたまま、そこに胡座をかいた。

「寒くなってきたな」

つぶやいた。

「そこの枝を火にくべろ」

おれにむかって言った。

おれは、おれの横手に落ちていた枝に眼をやった。

「おかしな真似をするなよ。ゆっくりとやるんだ――」

おれは、その枝を拾った。一瞬、この枝をやつにぶん投げてやろうかと思ったのだが、それをやめた。

ふたつに折って、火にくべた。

ハンティングナイフが、ちょうど矢崎の眼から見えなくなる位置に、枝を置いた。

「ちょうど、四年前だったよ」

矢崎がしゃべり出した。

「おれと、そこの鈴木と、もうひとりの橋本というのと組んで、宝石をかっぱらったのはな。静岡県にある、業界じゃ少しばかり名の通った宝石店だよ、おれたちがねらったのはな。橋本というのが、その宝石店の元店員でね。おれたちと会った時は、スカンピンの文無しだった。会ったのは小田原の競輪場でね、あいつは、勤め先だったその宝石店を首になって、二カ月目だった――」

矢崎は言葉を切っておれを見た。

「それで――」

「橋本が首になった原因だがね、何だと思う」

「さあな」

「女だよ」

「女?」

「出入りしていた客の、社長夫人とできちまってね。そこの社長から怒鳴り込まれたんだよ。おまえのところは、どんな社員教育をしてるんだってね。それだけなら、まだよかったんだ、どこかの支店へでもまわされるくらいですんだはずだった。ところが、この橋本ってのが、ハンパじゃなくてね。そこの社長ん所の、大学生の娘ともできてたんだ。で、首さ――」

「へえ」

「おれも、鈴木も、橋本も、有金なんか失くなっちまってたからね。三人で夜明かしさ。小田原城の下にある公園でね。そこでアベックを脅して金を巻きあげた――」

「ワルだな」

「夜半にあんな所にやって来る方がいけねえんだよ。小学校でちゃんと教えてくれるじゃねえか、夜半に人気《ひとけ》のない場所をうろついちゃいけませんて。おれは、ガキの時分に、さんざ先公から言われた記憶があるよ。もっとも、おれの場合は、その人気のない所で、何かされる方じゃなくて、する方だったけどね――」

ひひと声に出して矢崎が笑った。

「巻きあげた金でカンビールを買い込んでね。でかい桜の樹《き》の下で、色々と話をしたよ。橋本が、元宝石店に勤めていたことも、その時に知ったんだ」

「――」

「で、考えたよ。おれたちはね。宝石店と言やあ、ごろごろと宝石がある場所だろう。

そこに勤めていたくらいだから、橋本は内部の事情にゃ詳しい——」

「それで、盗みを計画したんだな」

「そうさ。悪い話はすぐまとまるんだ」

「いい話に比べればね」

「知ってるかいおめえ——」

「何をだ」

「店にある宝石ってのは、みんな台にのっかっているものばかりかと思っていたら、そうじゃねえんだぜ——」

「ほう」

「何でもかんでも盗もうと思ってたんだが、台のついているやつは、足がつき易いって橋本が言うのさ。さばくにも面倒でね。値切られちまう。少なくとも、盗んですぐ質屋に持ち込むわけにはいかねえわな。台をこわして宝石だけにするにも、素人がほいほいやれるものではないらしい。で、台に乗ってない宝石があるって、橋本は言うんだよ。顔のない宝石がね」

「——」

「ちゃんとカットはしてあるんだが、その宝石は台にのってないんだよ。橋本は、ルースとか、そういう宝石のことを呼んでたけどね。そういうルースが、どこの店にも置いてあるらしい。せこい店じゃ、あまりたくさんは置いてないらしいんだがね、橋本のいた店では、ダイヤのルースが、かなりの量置いてあるっていうんだな。ケースの中にじゃなく、金庫の中にだけどね。橋本は、金庫の番号も知っているというしね――」

「で、やったのか」

「やったよ。うまくいったんだ。途中まではね。ところがね、その日に限ってさ、どこか遠くまで出かけていた営業の人間がいたんだな。そいつが、いきなり、夜中に帰ってきやがったんだ。橋本の顔見知りだよ――」

「へえ」

「それで、橋本のやつが逆上しやがってさ。そいつを、持っていたナイフで刺しちまったんだよ。死んだよ、そいつはね。あとでわかったんだ。しばらくは生きていて、警察に通報して、その後に死んだんだ――」

「ひでえな」

「おれたちは逃げた。大井川林道を抜けて、山梨県へ抜けるつもりだったんだ。ところが、その晩は、やけに雨が強くてね。せっかく四輪駆動車を手に入れておいたんだが、それでも通れないような土砂崩れに道を塞がれちまってさ――」

「――」

「無理に通ろうとしたら、運転手ごと下の河原に落っこっちまってね」

「運転手ごと？」

「橋本のやつごとだよ」

「橋本だけが落ちたのか」

「そうだよ。やつが運転をして、おれと鈴木が、外で、タイヤの下をスコップで掘ったり、車を誘導したりと、色々やってたんだ」

「宝石は」

「持ってたんだよ、たまたまおれたちがね」

「たまたまか――」

おれが言うと、矢崎が蛇の笑みを浮かべた。

「あたりまえじゃないか――」

恐い男だった。

「へえ」

「まあ、正直に言えばね、やつが死んだことは、おれたちにはありがたかったよ。橋本のやつは、当然疑われるからね。橋本が捕えられて、その線からおれたちが捕まることは充分に考えられる。橋本が死んじまえば、橋本とおれたちをつなげて考える材料は何もなくなる——」

「ふうん」

「まさか、おめえ、おれと鈴木が橋本を殺したと、そういう風には考えちゃいねえだろうな。はっきり、誤解がないように言っておくが、そんなこと——橋本のやつをおれたちが殺したなどとは、おれはひと言も言ってねえからな」

「ああ、誤解はしない」

「頼むぜ、おい」

言って、矢崎は、鈴木と悦子の方を見た。

鈴木は、まだ悦子の尻を舐めていた。

「まだ舐めてやがる」

矢崎は言った。

その時にはもう、視線はおれの方にもどっていた。

「いいかい、あいつはよ、尻を舐めるのも好きだが、入れる方も尻の方専門なんだ」

一瞬、おれは眉《まゆ》をひそめた。

肛門に異物を入れられることが、どんなに痛いか、おれはよく知っていたからだ。

子供の頃に、友人の後方へしゃがんで忍び寄り、両手の人差し指を合わせて立て、それで相手のお尻の間を突きあげるという遊びを何度もやったことがあるからだ。

やられたことだって、むろん、ある。

それとこれとを一緒にできないことは、おれも知っている。

たしかに、肛門を、指先で微妙にくすぐられるのは気持がいい。そこを、舌で舐めまわされるのもまた、たいへんに気持がよろしい。

ついしばらく前、このとんまなカメラマンは、ベッドの上で全裸にされて縛りつけられ、いい女からさんざそのテクニックを使われたことがあるからである。

その時は、昼間、だいぶ痛めつけられていたのだが、おもわずおれは——いや、その話はここではやめておこう。

とにかく、ここで言っておきたいのは、鈴木のそれは、子供の指二本を合わせたよりも確実に太いということである。

まあいい。

「それよりも、続きを聴かせてくれよ」

おれは言った。

「並木悦子と、熊と、おたくらの関係をね」

「いそぐなよ。いそがせると、あわてて、指が動いちまう」

矢崎が、ちらっと、視線を手元に向けた。おれに視線をもどして、矢崎がまたしゃべり始めた。

「いいダイヤばかりだったぜ。全部で、二十個以上だ。その中には、三カラットはあるやつが、四粒はあった。今の小売価格で、一個が千八百万はするだろうな——」

「四つぶで、七千二百万か——」

「そうだ。他のと合わせて、二億くらいにはなるだろう。もっとも、その値でさばけるたあ、思っちゃいねえがよ」

「だろうな」

「おれと鈴木は車を捨ててさ、歩き出したんだよ。その土砂崩れを越えてね。そこで見つけたのが、あの女と亭主がやっていた山荘さ」

「なるほど、そういうわけか——」

「山荘に入ってね、最初は、途中で車が進めなくなったことにして、おとなしく一泊だけさせてもらおうと思ってたんだが、ラジオをつけてやがったんだ、あいつら夫婦がよ。まあ、大雨のニュースを聴くつもりだったらしいんだが、その中で、おれたちのニュースを流しやがったんだよ。橋本が刺した男が、おまわりが駈《か》けつけた時にはまだ生きていて、しゃべったらしい。そのニュースでは、大井川林道に、おれたちの車が入った可能性が強いと、そんなことまで言っていたよ。どうしてそんなことがわかったのかと思ったんだが、すぐに見当がついた。橋本のやつは、上着に返り血を浴びていてよ。血相を変えて、車に飛び乗るのを、通行人に見られてたんだな。それで、警察に車種を通報されたのさ。それと、大井川林道に入った時に、対向車に遇《あ》ってさ。それが営林署の車でね。この道はもう危ないから行くなという意味なんだろうな、おれたちの車を停めようと、前の方で車を停めやがったんだ。かまわず、その車の横を突っ切って行きやがったからな、橋本は。そのふたつの情報が警察で一緒になって、おれたちが大井川林道に入ったのがバレちまったんだろうよ——」

「——」

「そのニュースを耳にした途端に、急に夫婦の態度がおかしくなってきやがった。とにかく、飯だけ食って、二階の部屋にあがり、おれたちは相談をした。夫婦が気がついている。警察へ通報される前に、下へいってふんじばっておこうと思ってね、おれと、鈴木は、下へ降りて行ったんだ。そうしたらだぜ——」

矢崎は言葉を切った。

唾を吐いた。

「下に、あの写真の熊がいたんだよ」

「熊が――」

「ああ。あの、左耳の切れたやつがね」

「何故？」

「あいつら夫婦が飼っていた熊だよ。ふたりには危害を加えないが、おれたちには――」

「ボディガードの意味か」

「そうだろうよ。けっ。馬鹿なことを考えたもんさ。熊のやつを見た時には、さすがにおれもうろたえてよ。いきなり熊に、持っていた拳銃《けんじゅう》の弾をぶち込んでやったんだ」

「弾をか――」

「ああ。二、三発な。それでも、柱に繋《つな》いであったからよかったんだ。距離も近かった。そうでなければ、二発目三発目を撃つまえに、とんでもないことになっていたろう――」

おれも、野生の熊の凄さは耳にしている。

普通ならば、拳銃くらいでは、よほどいい場所にあたらなければ、熊を仕留めることはむずかしい。

「それでよ、銃で脅して、亭主の前であそこの女にたっぷりはめてやったんだよ。今みたいにな」

「――――」

「で、亭主が言うのさ。眼の前で、自分の女がおれたちにはめられてるってのによ、熊が死んじまうってな。だから、熊が死なないように、手術をさせてくれとさ。弾を取り出したいんだとよ――」

「槙原がか――」

「ああ。知るか、勝手に死ねと言ってやったよ。そうしたら、あいつ、泣きながら頼む頼むとすがりついてきやがった。おかしな男だったよ。自分の女房よりも、動物の熊の方が可愛いらしい」

信じられないようなことを言った。

その話が本当なら、そんな亭主を、悦子は本気で愛していたことになる。

〝あの人のことを忘れたくて、ふたりの匂いが残っているものは皆処分した……〟

そういう意味のことを、悦子は言ったはずであった。

〝クロを、もう一度見てみたい〟

彼女はそうも言った。

「そうしたらばだ、あいつが言うのさ。熊の手術をさせてくれたら、抜け道を案内してやるってね。別の林道へ抜けられるし、その道を行けば、うまく警察の手をのがれることができるかもしれないってね」

「熊などはいい、すぐに案内しろと言ったら、熊にすがりついて、熊と一緒に殺せとわめくのさ。異様な男だぜ、あれは。女は女で、鈴木に尻をほじくられながら声をあげてたしな。とんでもねえ夫婦さ――」

「それでどうしたんだ」

「させたよ。手術をね。元獣医だとかで、時々、その山荘でも真似事をやっているらしくてね、麻酔薬からメスからひと通りはそろっていたよ。一時間ほどはかかったかな。そうしたら、終る寸前に、おまわりがやってきてよ、すったもんだの果てに、おれたちは捕まったってわけさ――」

おれは、おれを睨み続けている猟銃の銃口を見つめながら、うなずいた。

「それは残念だったな」

言いながら、おれは、焚火に眼をやった。

さっきくべた薪の、炎の中にあった部分が燃えてしまっていた。

炎の外に残った部分を押して、それを炎の中に入れなければならなかった。

「薪を足すかい？」

おれは言った。

しかし、おれの本当の目的は、薪ではない。

薪を足すふりをして、半分熾火の中に刃先を突っ込んでいるナイフを、もう少し炎の外へ出すつもりだった。

外へ出し、ナイフを冷やしておかねば、いざという時に熱くて握れないからだ。

結果的には、肉のもたらす悦楽に声をあげてしまったにしろ、悦子にとっては屈辱的なこの状態を、なんとかできるものならしてやりたいと、フェミニストのおれは、矢崎の言葉を聴きながら考えていたのである。

矢崎の持っている猟銃は、ボルトアクションのライフルである。

弾は、おれの記憶に間違いなければ、七発のはずである。

単発ではないが、たて続けの連射は効かない。

一発撃ったら、次の一発までに、ボルトアクションで、大まかに一秒は時間があくはずであった。

一秒というのも、計ったわけではない。その動作を頭の中でくりかえして、そのくらいだろうと見当をつけたのだ。

矢崎が銃のあつかいに慣れていれば、それは、もう少し早いかもしれず、慣れていなければ、もう少し時間がかかるはずだった。

その一秒前後の間に、どれだけのことができるか、というのが、おれが今抱えている問題であった。

もし、靴さえはいていれば、火の外にナイフを出して、それを靴で踏んで浅く土の中に沈めてもおけるが、素足ではそうはいかない。

問題は、いかにうまく、見つからずにその作業をすませるかである。

小枝は、おれが持ってきたものがあるので、それを焚火の横に置いてから、その陰の部分にナイフを炎の中からはじき出せばよかった。

しかし、それをいきなりやるわけにはいかない。

矢崎におうかがいをたててからのことである。

「おれが言うまで余計なことはしなくていい――」

矢崎の答えは素っ気ないものであった。

「ならば、話の続きをしてもらえるかい――」

おれが言ったその時であった。

獣の唸《うな》り声があがり、続いて悲鳴があがった。

鈴木の悲鳴であった。

見ると、鈴木の尻に、一頭の、黒い獣がかぶりついていた。かぶりつきながら、歯の間から、その獣は低い唸り声を発し続けていた。

――犬⁉

「あがががが っ！」

鈴木の悲鳴は、おれにはそんなように聴こえた。

鈴木がズボンとパンツを膝まで落としたまま立ちあがっていた。

ようやく、その獣が離れた。

離れた瞬間に、銃声があがった。

声をあげて、その黒い獣がふっ飛んでぶっ倒れた。

矢崎が立ちあがって銃で撃ったのだ。

「犬だ！」

矢崎が叫んだ。

おれにとっても突然のことであった。

そのため、絶好のチャンスをおれはのがしてしまったのだ。

矢崎の銃口は、もうおれの方を向いていてすでに、ボルト操作を済ませてしまっていた。

おれが想像していたよりも早い。

撃つのと同時にスタートしていても、この素足では、おそらく間に合わずに、矢崎にどこかを撃たれていたろう。

一瞬、チャンスと思った気持が、嘘のように去っていた。

ただの盗人《ぬすっと》じゃなかった。

「糞！　おれの、おれの尻の肉を、この犬っころが！」

鈴木が、自分の尻に右手をあてて、膝のバネで犬のそばまで跳ねてゆき、犬の胴を踏みつけた。

犬の口に、不気味な肉塊が咥えられているのが見えた。

鈴木の尻の肉であった。

かなりの量であった。

鈴木は、怒りに眼がくらんで、尻の肉を嚙みちぎられた痛みに気がついてないようであった。

「犬め！」

跳ねながら犬の顔を踏んだ。

尻を押さえた右手が真っ赤になっている。

「犬め！」

「犬め！」

「犬め！」

狂ったように踏んだ。

「痛えようっ」

踏みながら吠《ほ》えた。

痛い、痛い、と泣いた。

しかし、不気味なことに、鈴木の股間のものは、まだ堅く天を向いていた。

その鈴木に向かって、近くの闇の中から、ざっ、と下生えを鳴らして黒い影が跳んだ。

その獣は、真《ま》っ直《すぐ》に、鈴木の股間に向かって跳んだ。

がつん！

と、牙が嚙み合わされる音が、おれの耳まで届いてきた。

その獣が、牙を嚙み合わせたまま、くるりと身をねじった。

ふいに、その獣が、鈴木とつながれていた糸を断ち切られたように、地に落ちた。

いや、落ちたのではない。軽く後方に動いて、そこに立ったのである。

また銃声がした。

立ったばかりの犬が、大きく横にふっ飛んで、倒れた。

それまで、鈴木の股間から天に向かってそそり立っていたものが消えていた。

「糞うっ」

「糞うっ」

「糞うっ」

狂ったように、鈴木が呻いていた。

「あの犬の口に、射精しちまったじゃんかようっ！」

吠えた。

吠えながら、自分の股間を眺めた。

「失《な》くなってるよう！」

叫んだ。

「おれのちんこがねえよう！　おれのちんこが犬に喰われちまったよう！」

尻を押さえ、股間を押さえた。

「畜生！」

「畜生！」

「畜生！」

呻く。

「鈴木っ」

矢崎の叫ぶ声も耳に入らないらしかった。

「痛えよう！」

天に向かって吠えた鈴木の眼が、くるりと裏返って白眼になっていた。

膝にズボンがからみ、鈴木の足がもつれた。

仰向けにぶっ倒れた。

唇から、ぶくぶくと泡を吹いていた。

周囲の闇の中に、点々と、緑色の二対《つい》の炎が燃えていた。

「犬だ」

また、矢崎が言った。

その時には、もう、おれは立ちあがっていた。

かまわずに、立ちあがろうとしている悦子のそばに、素足で駆け寄った。
さすがに、犬も、たて続けに仲間が二頭やられ、闇の中で唸っているだけであった。
「靴だ！」
おれは、矢崎に向かって叫んだ。
一瞬、躊躇《ちゅうちょ》してから、矢崎はうなずいた。
さすがに、何頭かの犬に囲まれて、自由に動ける仲間が欲しいと思ったらしい。
おれは、立ちあがった悦子を、頭からテントの中に押し込んだ。
「中のスニーカーを出せ！」
悦子が、テントの中から外にスニーカーを放り投げた。
おれは、テントの入口のチャックを下ろした。
これで、とりあえず、犬の牙からは、悦子の身は安全であった。
熊ならともかく、犬には、一撃でテントを破る能力はない。
おれは、犬の眼を睨みながら、スニーカーに素足を突っ込んだ。
立ちあがった。
スニーカーをはいた途端に、矢でも鉄砲でも持ってこいという気分になった。
いくらでも足が高くあがりそうだった。

血液中のアドレナリンの量が急増しているのである。犬だろうが、熊だろうが、おれのムチのような脚の蹴りで、ぶち殺せる気分になっていた。

「六頭は残っているぞ」

矢崎が言った。

おれは、腰をおとして、闇の中を眺め、矢崎を見た。

さすがに、矢崎は近くまで寄って来ない。

今、おれたちの周囲を囲んでいるのは、元猟犬である。

ハンターは、猟犬を連れて山に入る。

犬なしのハンティングは、むずかしいからだ。

犬に、猪《いのしし》や熊や鹿《しか》を追わせ、人間が待ち伏せて、それを撃つ。

しかし、動物を追っているうちに、ハンターとはぐれ、山に迷い込んでしまう犬が、かなりの数いるのである。

そういう犬が、野生化して、山の中で群れをつくるのである。

こういう犬の群れは、考えようによっては、人間にとって、熊や猪よりも恐ろしい存在となる。

人間のことを知っていて、野生動物のようには人を恐れない。

実際に調べてみればわかることだが、野生動物が人間を襲った事故よりは、明らかに、飼い犬が人間を襲った事故の方が圧倒的に多い。

しかも、山で野生化した犬は猟犬であるから、銃の恐ろしさも知りつくしている。

犬は、群れで鹿やウサギを襲い、それを喰《た》べる。

しかし、山の中では、鹿やウサギよりも、人間を襲う方がずっとてっとり早い。

武器を持ってない人間ほど、弱い生き物はないからだ。

ざざっ。

と、闇の中を犬が動く。

こういう状態が長引くのはよくなかった。

もう一頭か二頭、犬を倒せば、犬も、あきらめて去ってゆくはずであった。

おれは、全身を緊張させたまま、すっと、一歩前に出た。

正面の犬が、ざざっ、と後方に退がる。

ふたつのみどり色の炎が、闇の中で点《つ》いたり消えたりするのは、犬がまばたきをしているからである。

そのグリーンの光るドロップが、左右に入れ違う。

また、おれは一歩前に出た。

その時、いきなり左側から一頭の犬が襲いかかってきた。

おれは、右足を跳ねあげた。

「ちいっ」

飛びかかってきた犬を、おれの右足が、きれいに空中で捕えていた。

数本の犬のあばらを折った感触があった。

犬は、ぎゃん、と不気味な声をあげて闇の中にふっ飛んだ。

気持のいい蹴りであった。

次は右手からだった。

今度は跳ばずに、地を滑るように襲ってきた。

銃声がするのと、おれのスニーカーの爪先が犬の鼻面《はなづら》を蹴るのと、ほとんど同時であった。

弾丸と蹴りとは、ほとんど同時に、その犬に当ったらしかった。

ゆう〰〰あ〰〰

一頭の犬が鳴いた。

その声が響いた途端に、闇に光っていた犬の眼が、ひとつ、ふたつ、と消え始めた。

下生えを鳴らして、犬が遠ざかってゆく。

犬の気配が、闇の中から消えていた。

ほっとしておれは後方を振り返った。

そのおれを待っていたのは、冷たい、黒い穴であった。

矢崎が、銃をおれに向けていた。

「本当は熊が見つかるまではと思っていたんだが——」

「考えを変えたのかい」

「今迷ってるとこさ。おまえ、なかなかぶっそうな男だからな——」

「ぶっそう?」

「今の蹴りを見させてもらったよ。素人の蹴りじゃない」

「素人だよ」

「馬鹿を言うな。おれも、多少は、少林寺拳法を習っていたことがあるが、あの蹴りは素人ではないぜ——」

「素人さ。おれの本職はカメラマンだからな」

おれの額から冷や汗が出た。
矢崎が、迷っているというのは、本当だからだ。
矢崎の眼が、完全にマジになっていた。
矢崎は、迷っているから撃たないのだ。
決めていたなら、もう、とっくに撃っている。
この瞬間にでも、決めたら、その途端に引き金を引くだろう。
矢崎はそういう男なのだ。
その時、おれは、矢崎の後方に、黒い影を見た。
その黒い影は、音をたてなかった。
黒い獣だ。
犬ではない。
犬よりもずっと質量の多いものだ。
熊であった。
熊が、矢崎の背後から近づいてくるのである。
熊の足の裏は、意外に柔らかい。
そして、獲物に忍び寄る時には、体毛を輪状に逆立てる。

うのである。

その体毛がクッションになって、下生えや小枝に身体が触れても、音を殺してしま
おれの顔色の変化を、すぐに、矢崎は読みとった。

「ほう」

笑った。

炎の灯りの中で、幽鬼のような顔になった。

「迫真の演技じゃないか。思わず信用するところだったぜ。まるで、おれの後ろから、熊でも近づいてきてるっていう顔つきだぜ、それは――」

「本当さ」

おれは言った。

「駄目だぜ。振り返ったところを、横に跳んで逃げるか、最後の攻撃をかけようとでもいうんだろう?」

「ひとつだけ忠告させてくれよ。たまには、人を信用してみるのも、悪くはないと思うがな――」

おれの声も上ずっていた。

震えているのがはっきりわかる。

小便をちびりそうだった。

できることなら、泣きながら、わあっと叫んで走り出したかった。

じっとりとした脂汗が、全身に浮いていた。

「なあ、何故、犬が逃げ出したんだと思う？」

おれは言った。

「さてね。おまえは知ってるのかい？」

「知ってるよ。銃が恐かったというのもそうだが、熊が近づいて来るのを知ったからだよ」

「ほう。野生の熊が、わざわざ銃声がした場所へ、近づいて来るものなのかい？」

「来るさ。あの熊ならな」

「何故？」

「あの熊は、並木悦子の匂いを知っている。ついでに、四年前に自分を撃った男の匂いもな。その臭線を見つけて、ここまでやってきたんだ。論理的だろう？」

「なるほど。おれも、いいことを今思いついたよ」

「なんだ？」

「今、おまえを撃ち殺してから、後方を振り向けばいいんだ。論理的だろう？」

どきりとするようなことを言って、微笑した。

矢崎の額にも汗が浮いていた。

その時には、矢崎のすぐ背後に熊が迫っていた。

みしり、
と、重い音がした。

熊が、小さな枝を踏んで、その体重を乗せたのだ。

重い風圧に、背を叩きつけられたように、矢崎の身体がびくんとすくみあがった。

その眼が恐怖に吊りあがっていた。

「ひいっ！」

声をあげて後方を振り向いた。

その時には、熊は、二本の後肢で立ちあがり、右手を無造作に振り下ろそうとする寸前であった。

銃声がしたのと、その熊の右手が打ち下ろされるのと、ほとんど同時であった。

銃が、大きくはじき飛ばされていた。

矢崎の身体が、真横に、棒のようにぶっ倒れた。

おれは見た。

倒れる矢崎の一瞬の映像が眼に焼きついていた。

矢崎の頭部の三分の一ほどが失くなっていて、その首が、奇妙な角度に折れ曲がっていた。

倒れた矢崎は、数度、両足を突っ張らせて痙攣《けいれん》し、すぐに動かなくなった。

熊は、黒い小山のように、矢崎の死体の前に倒れていた。

まだ、息があった。

テントから、悦子が出てきた。

悦子は、すでに、テントの中で、靴と、スカートを身につけていた。

「クロ……」

悦子がつぶやいた。

熊が、顔をあげて、起きあがろうとした。

悦子が、歩き出した。

「危ないぞ」

おれは言ったが、悦子は止まらなかった。

熊の方に歩いたのではない。

地に落ちた銃の方に向かって歩いたのだ。

ライフルを拾いあげて、ボルトを操作し、熊に歩み寄って銃を構えた。この格好が、さまになっている。

「何をするんだ」

おれが言った瞬間に、銃声が響いた。

顔をあげていた熊の頭部に弾丸がめり込んで、熊の顔が下に落ちた。

「あんた――」

おれは、その後の言葉を言えずに、そこに立ち尽くした。

悦子が、さらに熊に近づいた。

死んでいるのを確認してから、スカートのポケットから、何かを取り出した。

悦子の分の、ハンティングナイフであった。

「灯りを持ってきてくださるかしら――」

悦子が、おれに向かって言った。

おれは、気を呑まれて、テントの中に潜り込み、懐中電灯を捜し出して、悦子の傍に寄った。

「ここを照らしていて」

悦子が言った。

熊の、右肩のあたりだった。

そのあたりの肉が、大きく盛りあがっていて、毛の生え方が他と違っている。過去に、そこに傷を受けた跡であった。

悦子は、銃を置いて、ハンティングナイフを、そこに潜らせた。

勢いのない血が、のろり、とそこからあふれ出た。

かまわずに、悦子がそこの肉を開いてゆく。ピンク色の肉であった。

かち
と、ナイフの刃が堅いものにぶつかる小さな音がした。

悦子の眼が輝いた。

悦子は、傷口をさらに大きく深くえぐり、その中に左手を差し込んだ。

「あったわ」

鋭く言った。

ゆっくりと、悦子がその手を引き出してきた。

悦子が、懐中電灯の灯りの中で、左手を、ゆっくりと開いた。

その、血にまみれた手の上に、四つの、大粒のダイヤが光っていた。

「これは——」

おれは呻いた。

「四年前に、矢崎たちが盗んだダイヤの一部よ」

「え?」

「彼等が、捕えられてからも、この四粒のダイヤの行方だけがわからなかったのよ。それがここにあったのよ――」

「――――」

「わたしの夫の、槙原守が、手術のついでに、矢崎たちがわたしを犯している隙をついて、このダイヤを抜きとって、クロの身体の中に隠したんだわ。手術をすると言ってね――」

「君は、そのことを知ってたのか?」

おれが言うと、悦子は、小さく首を振った。

「知ったのは、つい最近よ」

「最近?」

「鈴木の背負っていたザックがあるわ。それを持ってきてくださる?」

ナイフと、ダイヤをポケットにおさめ、悦子が言った。

おれは、言われたように、転がっていたザックを持ってきた。

悦子は、ザックを開けて、中をさぐっていたが、その中から一冊の本を取り出した。

日記帳であった。

「わたしの夫の日記帳よ――」

言いながら、悦子は、あるページを開いた。

そこに、四年前の日付が記され〝クロ四〟とだけあった。

その前後のページには、色々と文字が記されているのに、そのページだけが、それだけの記述であった。

「新聞でね、矢崎たちの盗んだダイヤが、四つ見つかってないことを知った時、きっと矢崎たちが隠したものと、わたしは思っていたわ。でも、二カ月ほど前、わたしの家に、どろぼうが入ってね、少しのお金とこの日記帳を盗んで行ったの。色々捜しまわったあげくにね。それで、もしやと思って調べたのよ。そうしたら、どろぼうが入った日の四カ月前に、矢崎たちが出所していることがわかったわ。山荘の、現在の持ち主に電話を入れたら、わたしが今どこに住んでいるのか知りたいという電話があったこともわかったわ。電話をよこしたのが、矢崎たちで、日記帳を盗んで行ったのも彼等だって、わたしにはぴんときたわ――」

「なるほど――」

「それでわかったのよ。今さら、彼等がわたしの居場所を捜す理由はただひとつ。四粒のダイヤを捜すためよ。彼等は、わたしたちがダイヤを盗んで隠したと思っていたのね。それで、やっと、あの日何があったのかという見当がついたわ。彼等がダイヤを隠したのではなく、槙原がダイヤを隠したのよ。クロの身体の中にね――」

「――――」

「日記帳を見て、彼等も、そのことがわかったと思うわ。それで、わたしと同じように、あのクロの写真を見て、あなたの所を訪ねたのよ」

「へえ」

「せっかく用意してきたお肉が無駄になったけど、ダイヤが手に入ったんなら、どうでもいいことね――」

「肉?」

「クロは、肉が、とても好きだったのよ。それで、毒入りの肉を用意してきたんだけど、それを使わずにすんでよかったわ」

「しかし、クロは、あんたにとっては、槙原さんのたったひとつ残されたかたみのようなものだと――」

おれが言うと、悦子は、小さく笑った。

「本気にしてたの？」

そう答えたのは、もう、おれの知っている悦子ではなかった。

「わたしは、あの人を憎んだことはあっても、愛したことはなかったわ。あの人にとって、大切なのは、山荘と、動物だったのよ。わたしは、ただの道具。山荘を維持してゆくためのね――」

おれは、心から驚いた。

まさか、悦子の唇から、このような言葉が出るとは、思ってもいなかったからだ。

「しかし、何故、あんたの夫は、ダイヤを盗んだんだ――」

「あの頃は、山荘の経営が苦しかったからよ。わたしは、街に出たかったけど、彼はいやがったわ。いずれ、彼は、あの山荘の周囲を買いとって、動物公園のようなものを造ろうとしていたみたい。その資金が欲しかったのね――」

「――――」

「彼と、ある晩、大ゲンカをしたわ。山荘をやめて、街へ行こうとわたしが言い出したからよ。その翌日よ、彼が、わたしに離婚しようと言い出したのはね――」

「離婚？」

「そう。わたしも、彼とは、もう別れたかったわ。でも、離婚はいや。独り身になるのなら、たとえば、夫が事故か病気で死んだという、そういうことでなければね――」

おれの背に、すっと寒いものが疾《はし》り抜けた。

「たしかに、あんたの夫は、車の事故で死んだと――」

「車のブレーキが、急に利かなくなったんだと思うわ」

ひどく優しい声で、悦子は言った。

おれを見ながら、すっと立ちあがった。

悦子の両手が、ライフルを握っていた。

そして、もううんざりするほど見たその銃口は、おれの方に向けられていた。

すっ、と、悦子が後方に退がった。

銃口は、おれに向いたままであった。

おれは、ゆっくりと立ちあがった。

「何の真似だ？」

「許してちょうだい。あなたには、何の恨みもないわ。感謝しているくらいよ――」

とんでもないことを言い出した。

「おれを殺すのかい？」

「殺したくはないわ。でも――」

悦子が、さらに後方に退がる。

「槙原守を殺したな」

おれは言った。

悦子は、退がりながら首を左右に小さく振った。

「殺さないわ。ブレーキに、ちょっとした細工をしただけよ。山に居ると、色々なことを覚えてしまうの。たとえば、猟銃の撃ち方なんかもね」

「そんなに退がって、当るのかい」

「近くからは、とてもあなたを撃てないの。でも、腕には自信があるわ。山荘によく来ていたハンターに、色々銃を習ったことがあるの。その人、わたしに気があったみたいで、槙原がいない日ばかりを選んでよくやってきていたわ」

悦子が止まった。

「後ろをむいてくれる？」

悦子が言った。

「撃つなら正面からやってくれ」

おれは、口の中をからからにしながら言った。

おれは、ちらりと焚火に眼をやった。

先ほど、犬が襲ってきた時、悦子に駆け寄る時に、火からわずかに遠ざけることができたのだが、どれだけの温度になっているのかわからなかった。

「弾は、確か、あと一発だけだったんじゃないかい」

おれは言った。

「わかってるわ。わたしも、弾の数はかぞえていたから――」

「それが当らなければどうする？　今のうちにそのライフルを捨てれば、おれは、今の話は何も聴かなかったことにできる」

「でも、そうしたら、また、もとの貧乏な暮らしを続けることになるわ。もう、わたしは三十よ。このダイヤだけが、わたしを、毎日毎日、他人のためにコーヒーをいれる生活から抜け出させてくれるのよ――」

「おれを殺して、この状況を、どう説明するんだ？」

「あなたをこれから撃つのは並木悦子じゃないわ。矢崎という、前科者が撃つの――」

「考えなおせよ。おれだって、もう三十は越えている。離婚だってしたことがあるんだ。しかし、それほど、悪い人生だとは思ってない――」

おれの頭の中には、別れたカミさんと、娘の笑顔がちらついていた。

もし、生命が助かったら、あの娘の笑顔のために、もう一度、土下座をしてでも、復縁してくれるよう、カミさんに頼んでみようかと思った。

木野原英子の顔も浮かんでいた。

不謹慎にも、おれは、カミさんと復縁をする前に、彼女とひと晩、素敵な夜を過ごしてみたいとも思った。

できうることなら、もっといろんないい女とやりたかった。

この悦子とも、やってみたかった。先ほどの、悦子の姿態が浮かんだ。

カミさんと復縁し、密《ひそ》かに英子のような女と、定期的に楽しい時間を持てたら最高だとも思った。

こういう瞬間においてさえ、おじさんの欲望には果てしがないことがおれは哀しかった。

できることなら、英子の最初の写真集を前に、最高のシャンペンを飲みながら、お祝いの食事をしたかった。

むろん、ときめくようなベッドインもしてみたかったが、生きて帰れるものなら、手を握るだけの清いデートでもよかった。

「ごめんなさい」

悦子が言った時、おれは、おもいきり前方の地面に跳び込んでいた。

銃声がして、おれの後頭部に何かが叩きつけてきた。げんこでおもいきりぶん殴られたような感じだった。

おれの頭の上を、弾丸が、衝撃波を叩きつけて通り過ぎて行ったのである。

ゆっくりと、おれは立ちあがった。

悦子の右肩に、おれの投げたハンティングナイフが刺さっていた。

銃が、地に落ちていた。

悦子が、おれを見ていた。

「何で、弾が当らなかったかわかるかい？」

おれは言った。

悦子は答えなかった。

「あんたの腕が正確だったからだよ。そして、あんたが、後ろに退がりすぎたからだ」

おれは、ゆっくりと悦子に歩み寄った。

「熊の一撃は、想像以上に強い。その一撃をくらえば、銃身が曲がる——」

悦子は膝をついた。

おれの言った意味が呑み込めたからであった。

銃身の曲がったライフルで撃ったため、弾が、ねらった場所とは別の方向にずれたのである。

おれは、火傷《やけど》をした指で、膝をついた悦子の肩に、そっと触れた。

夢中で拾って投げたのだが、ハンティングナイフは、実のところ、まだかなり熱かったのである。

悦子が、静かに、嗚咽《おえつ》を洩らし始めた。

おれは、悦子にかけてやる言葉を、もう持ってはいなかった。

この中年になりかけのおじさんは、何故か、ひどく哀しかった。

7

おれと英子の前に、きれいな夜景が広がっていた。

新宿にある高層ホテルの、最上階にあるレストランである。

おれたちが食べているのは、フランス料理のフルコースだ。

ワインだけは、おれの独断で、シャブリのかなり値のはる白を選ばせてもらった。やや辛口で、呑んだ後に舌に甘みの残るワインだ。

着ているのは、いつものジーパンや、Tシャツではない。スーツである。

国産で、高級品というわけではないが、オーダーメイドの、仕立てのしっかりしたやつである。

髪だって洗ってあるし、髭《ひげ》だってあたってある。

風呂にも入り、下着まで新品だ。

かなりの下心を含んだ、新品の下着だ。

同じホテルに、部屋までとってあり、おれのポケットにはその部屋の鍵《かぎ》まで入っている。

そして、心の中には、どうやって英子を部屋に誘おうかと、その状況に応じて用意してきたキザな台詞《せりふ》のいくつかが、入っている。

英子が着ているのは、薄い、夜の色をした暗いブルーのワンピースである。

いつもより化粧が念入りで、そして、エレガントで綺麗《きれい》だった。

おれも、英子も、口数少なく食事をした。

暗い店内には、生《なま》のハープの音が流れている。

ボーイの眼が、ちらり、ちらりと英子に注がれるのも、おれはいやではなかった。

夜景は、透明な宝石のようだった。

灯りと、ビルの頂にいるおれたちとの距離が遠過ぎるためだ。

ひとつひとつの灯りの意味が消えて、その光だけが届いてくる。

ため息が洩れそうな夜景だ。

よく考えてみれば、このような場所で、ふたりきりで、のんびり食事をしたことが、これまでに何度あったろうか。

「ね」

英子が、ふいに言った。

黒い瞳《ひとみ》がおれを見ていた。

「あの写真、本当にいいと思ってる?」

「思ってるよ」

おれは言った。

「本当に?」

「ああ」

おれはうなずいてから、

「少し嫉妬《しっと》してしまったくらいにね」

正直に言い添えた。

「ほんとに、わたしを追い出したいの？」

英子が言った。

先日の話の続きをしなければならないことを、おれは覚悟してここへ来たのだった。

「追い出すんじゃない。君を自由にしてやりたいんだ」

「自由？」

「君には、自分の才能を試してみる権利がある。今がその機会《チャンス》だ。あちこちから、仕事の依頼もきてるみたいじゃないか」

おれが言うと、英子はうなずいた。

「不安なのよ。わたし――」

「誰でもみんなそうさ。知らない海に出ていく時はね――」

「わたしが、これまで自由にやってこれたのは、滝村さんがいたからよ。いつでも滝村さんがいてくれたから、のびのびやれたのよ――」

「のびのびやった人間が、誰でもいい写真を撮るわけじゃない」

「滝村さんの所にいながらだって、仕事はできると思うわ」

「できるさ、もちろんね。でも、きみがもっと仕事に欲を持ってきたら、おれの所ではせますぎると思うようになる——」

「でも……」

「おれは、この業界ではまだヒヨッ子だけどね、それでも、これまで何人ものカメラマンが挫折《ざせつ》してゆくのを見てきたよ。腕がないのに、情熱だけのやつもいたし、腕はあるのに運がないやつ、それぞれが、どこかで自分に見限りをつけて、いつの間にか、この業界からいなくなってゆく——」

「——」

「カメラマンになりたいやつは、ごろごろいるよ。カメラマンだって、この業界には掃いて捨てるほどだ。しかし、その中で、自分のやりたい写真を撮って生活している人間が何人いると思う？　ごく一部だ」

おれは言った。

英子は、黙ったまま、おれを見つめていた。

ワインの入ったグラスの縁《ふち》が、やけに灯りを反射して、きらきらとしている。

「君は、この機会《チャンス》を逃がすべきじゃない——」

おれは、言ってから、窓の外の夜景に眼を移した。

ふと、数日前までいた、南アルプスの山の中の闇を思った。

「――まだ、好きなんでしょう？」

英子が言った。

ふいの攻撃だった。

「え」

「奥さんのこと……」

「真澄のことか」

正確には奥さんではなく、奥《カミ》さんだった人だとおれは言おうとしたのだが、やめた。

「会ったことはないけれど、素敵な方なんでしょうね」

「――」

「どうして、離婚したの？」

英子が言った。

言ってから、小さく首を振った。

「ごめんなさい。余計なことを訊いてしまったみたい――」

「思い通りになる女もいないし、思い通りになる男もいない。そのことを、もう少しよくわかっていればよかったんだ――」

おれは、夜景から、英子に視線を移し、ポケットに手を突っ込んだ。

煙草《たばこ》を捜すためである。

手が、堅いものに触れた。

煙草ではなく、ホテルのルーム鍵《キイ》であった。

おれは、ひどくあわてて、その手をポケットから引き出した。

ひどくどきどきとした。

この哀しい中年新入生のおじさんは、まだ迷っていた。

中学生のガキのようにどきどきしていた。

おれの口の中に唾液《だえき》がわいた。

ごくりと唾を飲み込む音が、やけに大きく響いた。

眼の前の英子の身体は、とても柔らかそうで、おれは、この場でいきなり飛びかかって抱きしめたい衝動を、かなりの無理をして押さえていた。

人並み以上にいやらしい気持があるくせに、人並み以上に己れを押さえてしまう自制力もまたおれにはあるのだ。

〝いくな〟

と、英子に言いたかった。

ずっとおれの事務所にいてほしかった。

〝おまえが好きなんだ〟

そう言いたかった。

しかし、英子の才能を、おれのところで縛っていいものでもない。

ふいに、別れたカミさんの顔が、頭に浮かんだ。

いつかの運動会で見た娘の転ぶ姿や、娘の小さな白い手のひらひらも頭に浮かんだ。

ひどい男だと、おれはおれのことを思った。

用意してきた、キザな台詞のほとんどを、おれは忘れていた。

「ね、いつかの話の続きを訊かせてくれる？」

英子が言った。

「続き？」

「今夜のわたしみたいに酔っている女をどうするかっていう話——」

「あれか」

「まだ、松のコースを訊いていなかったわ。それを教えてくれる？」

英子は、おれを見た。

おれは、用意してきた台詞のひとつを思い出していた。

それは、いつかの松竹梅の話のことを持ち出して、松のコースを、口ではなく実際に教えてやろうかという内容のものだ。

かなり恥かしい台詞であるので、ここで教えるわけにはいかない。

おれは、迷っていた。

馬鹿、と、おれはおれに向かって言った。

ここまできてリタイヤする中年のおじさんは、すでに、男の資格すらない。

そう思った。

そう思ったが、おれは、思い出したキザな台詞を言うことができずに、ただ、愛《いと》しい英子の顔を見つめていた。

おれは、まだ迷っていた。

すまないが、この後の展開を話すのはしばらく待って欲しい。

英子に何と言おうか、それを考えねばならないからだ。

しかし、約束する。

近いうちに、必ずや、このおじさん新入生と、英子とがどうなったのか、きちんと報告しよう。

本当だ。

実のところを言えば、松竹梅のコースというのは口からのでまかせで、松のコースをどうするかというのを、おれはまだ考えてないのである。

では、近いうちに、またお眼にかかろう。

初刊本あとがき

ハードボイルドではないが、ややそれに近いタッチの、たとえていうならソフトボイルドとでもいうのだろうか、そんなものを前々から書いてみたかったのである。

ＳＦでもオカルトでもなく、めったやたらと強い男が出てくるわけでもない、ソフトなハードボイルド――「問題小説」から話があった時、ぼくがやろうとしたのはそのような話だった。

『餓狼伝』、『獅子の門』を書き始める以前のことだ。

幻想という要素を夢枕獏からとりはらったらどうなるかという問題は、ぼく自身にも興味のあるテーマだった。

しかし、締切りが迫ってくるのに、何を書いていいのかまるでわからない。具体的な主人公のイメージも、職業も浮かんでこないのである。

「カメラマンでいきますか――」

ふいに、思いついたのは、カンヅメのホテルの中であった。

何しろ、その日の朝まで別の仕事をやっていて、ようやく「問題小説」にとりかかったばかりである。今さら、資料やら何やらをあさっている時間もなく、それならば、多少なりとも自分の知っている世界の人間を主人公にした方がいいだろうと思ったのだ。

好きで写真ばかり撮っていた時期がぼくにはあるのだ。

カメラマンでと口にした途端に発想がわいてきた。

ジッツオの三脚などは、ずっしりとしていて、武器としてはそこらの棍棒《こんぼう》でぶん殴るのよりもずっと効き目がありそうだった。ストロボだって武器にはなるだろう。

そうだ、主人公の強さもほどほどで、たとえば、素人相手ならまず勝てるけれども、相手がプロボクサーかプロレスラーなら負けてしまうという、そのくらいのあたりがいいだろうと、イメージが加速度的に沸いてきた。

かくして、プロのリングに一度あがり、みごとノックアウトで負けた過去を持つ、滝村薫平ができあがったというわけなのである。

そして、いっきに十時間で書きあげたのが、「ナイト・クラッシュ」である。

書き始めるにあたり、ぼくが具体的にイメージしたものは、ある漫画であった。

『新・事件屋稼業』

これが、その漫画のタイトルである。

当時、関川夏央・原作、谷口ジロー・画というこの漫画が、実はぼくは頰ずりしたいほど好きで愛しかったのである。

実におもしろい。

主人公は、中年の私立探偵である。

名前は深町《ふかまち》丈太郎《じょうたろう》。

しゃれた大人の読みものになっていて、男の背中の哀しい線《ライン》や、その肩のあたりに映っているネオンの色までが見えてくるような話だ。哀しくて楽しい。どこかとぼけたリアリズムとでもいうのだろうか。この話に出てくる人間は、脇役までも存在感がある。

やるならあれだ。

と、ぼくは思った。

くやしいことに、漫画のリズムや、表現形式に、文章はどうしてもかなわないものがある。しかしまた逆に、文章でなければやれないことというのももちろんあり、夢枕獏ががんばるとすればそのあたりのところであろうとも思った。そして、そのあたりのところは、かなり思うようにやれたのではないかという自信がある。

もうひとつ、正直に告白しておかねばならない。

離婚歴あり、娘あり、という設定が、滝村薫平と、深町丈太郎氏と似てしまったのだが、これはぼくの責任である。

承知で似せた。

実はぼくにも娘がひとりいて、その方が、中年の坂に両足をのっけた滝村薫平という人間を書きやすかったからであり、また、それだけ『新・事件屋稼業』というおもしろ本の影響が強かったからである。

ごめんなさい。

で、つまり、ぼくとしては、本書を、あの愛すべき深町丈太郎氏に捧げたいと思うのである。

昭和六十一年六月二十六日　小田原にて

夢枕　獏

本書は１９９０年8月徳間文庫として刊行されたものの新装版です。なお、本作品はフィクションであり実在の個人・団体などとは一切関係がありません。

徳間文庫

ハイエナの夜《よる》

〈新装版〉

2018年6月15日 初刷

著者 夢《ゆめ》枕《まくら》獏《ばく》

発行者 平野健一

発行所 東京都品川区上大崎三−一−一 目黒セントラルスクエア 〒141−8202 株式会社徳間書店

電話 編集〇三(五四〇三)四三四九 販売〇四八(四五一)五九六〇

振替 〇〇一四〇−〇−四四三九二

印刷 本郷印刷株式会社

製本 ナショナル製本協同組合

ISBN978-4-19-894365-3 (乱丁、落丁本はお取りかえいたします)